카르마

카르마

ⓒ 박영한, 2002

초판 1쇄 발행일 · 2002년 9월 16일
초판 2쇄 발행일 · 2003년 1월 10일

지은이 · 박영한
펴낸이 · 김현주
펴낸곳 · 이룸

출판등록 1997년 10월 30일 제10-1502호
121-210 서울시 마포구 서교동 395-101 우신빌딩 5층
전화 | 편집부 (02)324-2347, 영업부 (02)2648-7224
팩스 | 편집부 (02)324-2348, 영업부 (02)6737-7696
e-mail | erum9@hanmail.net

ISBN 89-87905-98-5 (03810)

값 7,800원

● 잘못된 책은 교환해 드립니다.

박영한 소설

카르마

이룸

작가의 말

푸른 작별을 위하여

　해가 졌구나. 너희 가까이 지낼 수 있을 날이 하루가 채 안 되게 남았구나. 어느새 이리도 빠르게 세월이 지나가버렸다니. 미처 그 사실을 깨닫지 못하고 있었는데 지금 이 순간에야 명확히 깨닫게 되는구나. 어이하여 요 며칠간 한곳에 마음을 못 붙인 채, 별로 하는 일도 없이 작업실 주위를 어슬렁거리며 서성대고 있었던지. 지난날 좋아하는 사람하고 헤어지기 전에도 이렇게 마음이 헛헛했던가 어쨌던가. 아니, 이보다 더 마음 아파했을까. 꼭 이렇지는 않았지만 어떻든 이와 비슷한 증세였던 것만은 희미하게 기억나누나.

아이들을 가르치기 위해 대학으로 내려가게 된 지난해엔 너희와 별로 가까이 지내지 못했지. 하지만 너희랑 한날 한시도 떨어져 지내지 않았던 이번 여름방학만큼은 내 인생에서 각별히 기억될 만한 시간이란 걸 알게 되었다. 앞으로 만약 누군가를 좋아하게 된다면 이번 여름 너희에게 쏟아 부은 사랑의 방식으로 사랑하게 되리라는 예감이 드는구나.

사랑은 조심스러운 손길로 쓰다듬는 것. 사랑은 말 못하는 하소연을 사려 깊게 그러안는 것. 사랑은 말로 받아들이기보다 마음의 촉각으로 더듬어내는 것. 마치 너희에게 조석으로 바친 내 손길 내 눈길이 그러했던 것처럼. 사랑은 헤어지기 전에 이토록 마음 뒤숭숭한 것. 오오오오그렇지만사랑한다고는아직말하지않았어요아니야이건사랑일거야만약사람을너희만큼깊은시선으로아끼고쓰다듬어주었더라면그사람은분명히이렇게속삭였을테지아이정말더없이행복해요

그래. 생각이 나는구나. 사람을 사랑한다는 것은 너희와는 확실히 다른 방식이었어. 격돌하고 시샘하고 폭발하고 뛰어오르는 한편으로 진저리 치면서 흘러가지. 그리고

그 끝은 대개는 양쪽 모두가 다 만신창이가 되기 십상이지. 그런 게 이젠 견디기 힘들어졌어. 아니, 첫 시작인 화려한 불꽃이 흘러가 이윽고 당도하게 될 결말을 어렴풋이 내다보면서, 그리고 순간순간 기쁨에 넘쳐 환호작약 뛰어오르고 순간순간 낙심하여 언덕 아래로 곤두박질치며 떨어져 내리기를 반복하는, 그리하여 이윽고는 허무와 권태, 습관이란 껍질로 위장한 "사랑해요!" ……지겨워라. 하지만 나이 탓이라고만 단정 짓지 말기를.

 이번 여름만큼은 참 행복했다고 자신 있게 말할 수 있어. 친구 K가 어두운 곳에 묶여 고생하고 있고, 그 친구가 사라져 심심타령을 하며 지내던 어느 날인가부터 너희들에게 눈을 주게 되었지. 이럴 때 흔히 '눈을 새롭게 뜬다'는 표현을 쓰곤 하지. 우리 인간이 자기들만 갖고 있다고 자만해 마지않는 소위 '영혼'이랄까, 또는 그보다 더 심원한 혜안(慧眼) 또는 초능력 비슷한 것을 너희가 갖고 있다는 희미한 느낌을 이번 여름에 갖게 되었거든. 너희는 인간으로 치면 혀에 해당하는 뿌리를 그 깜깜 어둠 속으로 뻗쳐 지하 수만 킬로미터 속으로부터 풍부한 영양소를 길어 올리고, 수만 광년 저쪽의 은하계와

은밀하게 교신하면서 잎새를 뻗치고 꽃을 피워낸다지. 고작 동물·인간 복제로 조물주 흉내를 내게 된 바보 집단 인간 종족쯤이야 너희들에 비하면 실로 아무것도 아니지. 대시인이면서 후세에야 그 진가가 알려진 혁명적인 식물학자였던 괴테, 아인슈타인, 다윈이 큰 진리를 깨우치고도 자연 앞에서 더없이 겸손했던 이유가 다 무엇 때문이랴.

이제 나는 지난 우묵배미 시절, 가축들을 예사로이 부리고 밭두렁의 풋것들을 아무 생각 없이 툭툭 걷어차고 다니면서 학대한 날들을 되돌아보며 아찔해하곤 하지. 마을 사람들과 어울려 개를 잡으면서 예사로이 낄낄거리곤 했던 그 부끄러운 날들을 말이지. 만약 우리 인간들이 세상 만물 어느 것 하나 생명 깃들지 않은 것들이 없음을 깨닫게만 된다면, 그리고 그 생명의 시스템이 인간 못지않게 정교하며, 생명 그것이 그들 자신에게는 절체절명의 소중한 어떤 것이라는 사실을 느끼기만 할 수 있다면. 먹고 입고 때려 부숴서 지어 올리고 시꺼먼 물질로 뒤덮어 땅이 숨을 못 쉬게 하는 따위의 행위를 당장이라도 중단해야 할 테지.

작별의 시간이 점점 가까워지는구나. 이번에 내려가면 열흘 보름씩이나 너희와 마주할 수 없는 세월들이 연신 이어질 거야. 땅거미 진 지는 이미 오래고 작업실에서 마주 보이는 외등은 주홍빛으로 은은히 불타며 너희들을 비추고 있어. 벌써 잠투정들을 하기 시작했구나. 제각각의 잠버릇을 보이며 고개를 외로 틀고, 또는 머리채를 뒤로 홱 꺾고 이미 잠들기 시작했구나. 기다려. 지금은 막걸리통을 들고 화단으로 나갈 시각. 오오오오사랑하는나의푸르른아가들아…….

                            2002년 8월 28일 20시 15분,
                            북한산 어귀에서

0

"이보우, 거른방! 거른방 선상님!"

하고 부르는 소리가 들려왔을 때 나는 한창 책에 몰두해 있던 중이었다. 인간을 침팬지, 고릴라, 원숭이 등등의 영장류와 비교 분석한 그 책의 저자는, 이 세상의 모든 동물 가운데서 유독 사람만이 연장을 발달시켜 동족을 무더기로 해치고, 사람만이 자살을 하며, 굳이 종족 번식의 목적에서가 아니더라도 그 자체를 즐기기 위해 성행위를 하는 특이한 동물이라는 주장을 펴고 있었다. 나는 거기에 덧붙여 그런 것들만이 아니라 자신의 본성을 깨달아 우주에 가득한 마음을 읽어내고 거기에 조응하는 것도 인간만의 특성이 아닐까라는 막연한 반론을

펼치고 있던 중이었다.

"이보우, 거른방! 주무시우?"

"예에."

그제야 늑작지근하게 이부자리에게 상체를 빼올려 방문을 한 번쯤 밀었다. 담뱃갑을 건져 올리는데 바깥 기운이 비집고 들어와 수백만 년 전부터 진화를 거듭해 오늘에 이른 털 없는 영장류의 손에다 얼음물을 한 움큼 끼얹었다.

"상구도 안 주무셨구만요."

"이제 잘까 하구요."

이 야밤에 술을 마시자는 걸까 싶어 얼른 전기 스탠드를 끄고 꼬마 전구 스위치를 눌렀다. 어두운 주홍 커튼이 방 안을 덮었다.

"안 주무시면 어여 이리 좀 건너오슈. 얘기나 좀 해요."

머리맡의 탁상시계로는 열두 시가 넘은 시각이었다. 이토록 야심한 시각에 안방으로부터의 호출이란 여태껏 잘 없던 일이라 궁금하긴 하지만 좀 귀찮다는 생각이 들기도 했다.

"주무시구 내일 하시면 안 되겠어요? 한 시가 다 돼가

네요."

"일루 와서 쏘주나 한잔하자니깐요. 닭 국물에 괴기도 몇 저름 남았다우."

미안한 생각이 없지 않은지 집주인은 말끝에 너털웃음을 매달았다.

내키지 않는 기분으로 이부자리에서 몸을 빼냈다. 이럴 경우 우선 먼저 떠올리기 버릇된 건 그의 그 비정상적인 신체 조건이었다. 불구자 신세도 서러운 판에 심심하고 외로워서 사람을 청하는데 못 들은 척하면 무척 섭섭해하겠지.

마루를 가로질러 안방으로 건너갈 때 마당에서 대문 밖으로 이어진 설경이 한눈에 들어왔다. 몸이 굳어지며 엷은 소름이 끼쳤다…… 원숭이나 침팬지처럼 사람한테도 털이 있었더라면 저 정도 추위는 어렵잖게 견뎌낼 수 있을 텐데. 수백만 년 전의 유인원은 빙하기를 어떻게 견뎌 멸종을 면하고 오늘까지 살아남았을까?

방이 어둑신했기로 그가 울고 있었다는 사실을 알아챈 건 시간이 좀 지난 뒤였다.

"밤도 늦었는데 귀찮게 해 죄송하구먼요. 불이 상구도

켜져 있길래 안 주무시는가 해서."

　목소리가 푹 가라앉아 있었고, 코를 훌쩍이며 그는 애써 웃음을 지어 보였다. 윤회 사상이든 진화론이든 그 어느 것도 지상의 이런 애달픈 마음들을 다독거려주기에는 너무 먼 것이 아닐까 하는 엉뚱한 생각에 나는 덜미를 잡혀 있었다.

"아."

　밥상을 내려다본 순간 그 다음 말을 잇지 못했는데, 그 급박한 단음은 차라리 비명 소리에 가까웠다. 그의 신세를 가엾게 생각하는 일에 어느덧 면역이 된 나였지만 개밥 그릇보다도 더 지저분하게 어질러진 밥상을 보게 되자 마음이 뒤숭숭해진 것이다. 밥상이 어지러운 건 술기운 때문이기도 하지만 그보다 더 큰 원인은 그의 그 자유롭지 못한 팔 때문이지 싶어서였다. 식사할 때 그의 유일한 도구인, 납덩이가 달린 몽당 숟가락은 안쓰럽게도 닭국 냄비에 푹 잠겨 있었다.

　야적장 같은 상을 헤집어 술잔을 찾아 들고 내 손으로 한잔 따라 마셨다. 술맛은 혀에 착 감겨오지 않고 쓰디썼다.

"선상님, 혹씨 낼 어데 나갈 일 있나요?"

"별일은 없지만 오후에 조단엘 좀 넘어가볼까 싶은데."

"조단요?"

"보건소장한테 부탁해 놓은 게 있어서요. 딱히 내일까지 가지 않아도 되긴 하지만."

절굿공이 같은 몽당 팔을 모두어 쥐고서 라이터 불을 일구고 있는 그 모습에서 불현듯 나는 또 저 머나먼 인류의 조상이 동굴 속에서 애써 부싯돌을 일구는 모습을 상상하고 있었다. 라이터를 켤 때의 그는 그만큼 힘겨워 보였다. 말랑거리는 몽당 팔 끄트머리, 쑥뜸 자국마냥 군데군데 꺼멓게 물러버린 그것들은 담뱃불로 말미암은 화상이었다.

"어디 다녀오실 데가 있으세요?"

"아무래도 이 양반이…… 나간 지 나흘씩이나 됐는데 여태 안 오니 아무래도 뭔 일이 난 것 같구만요."

"누구 말씀입니까?"

안주인은 아랫목에서 이불을 반듯하게 덮고 잠들어 있고 필시 딴 사람 얘기일 텐데, 그렇다면 누구를 지칭하는 것일까?

"뒷방에 내 성 말이우."

"형님요? 나가다니. 왜, 무슨 일로 나갔지요?"

"글케. 그거르 알며는 내 마음도 펜할 텐데. 아무한테도 온다 간다 말도 없이 그양 픽 나가 상구도 안 돌아오니 야단이지요."

듣고 보니 뒷방 양반 본 지가 여러 날 됐구나 싶기도 했다.

"아무 얘기도 않고 나갔어요?"

"야. 그전에도 이런 일이 있었지마는 하루나 이틀 있다가는 곰방 들어왔는데 이번엔 아무래도 기분이 희한해요."

집주인은 한숨을 내쉬며 몽당 팔을 쳐들어 눈물로 버무려진 눈곱을 꼼꼼하게 찍어냈다.

"예전에 살던 마을에 연락을 좀 해보시지요. 한터라든지 동짓재 같은 마을 말이지요. 환갑잔치하는 집에 가서 일 거들어주고 기식하고 있는지도 모르잖겠어요."

"그런 데가 있다면 벌써 기별이라도 왔지요. 이 양반이 전화를 몬 거니 딴 사람들이 연락을 하지요. 갈 만한 덴 다 알아봤어요. 이 바보가 대체 어데를 간단 말인가, 어데를. 이 추위에 말이오, 이 엄동설한에. 휴우. 의사 표시나 옳게 할 줄을 아나, 가진 기 있나. 오갈 데도 없는 이 불쌍한 인간이."

불쌍한 사람이 불쌍한 사람을 걱정하고 있었다.

"왜 나갔지요? 무슨 일이 있었어요?"

언뜻 짚이는 이유가 없지도 않았지만 예의상 그렇게라도 물어보지 않을 수 없었다.

"뭔 일이 있었겠어요? 아무 일도 없었어요. 며칠 전에 술 먹구 하도 난리를 쳐서 나한테 야단을 맞긴 했지만, 고깐 거 가지고서야 집 나갈 사람이 아닌데."

……그렇지 참, 술 취해 땅꾼 사내를 들이받아 상처를 냈지. 그쪽에서 치료비를 물어내라는 바람에 주인 양반한테 꾸중을 들은 일이 있었지.

"부인도 어디 갔는지 모르고 있습디까?"

"그 여자가 뭘 알아요? 말귀도 몬 알아듣는 여잔데. 추위에 얼어 죽지나 않았는지 모르겠구만. 밥도 한 끼 몬 먹구설랑 눈 구덩이에 처박혀 얼어 죽었으면 우찌 할꼬 싶어 도무지 잠이 와야 말이지요. 저나 나나 진작 이

시상 떴으면 다 끝날 낀데 오늘날까지 모진 목숨 버티니라고."

그는 눈물을 보이지 않으려고 돌아앉아 코를 풀어댔다.

"설마 그렇기야 하겠어요."

그렇게 말하면서도 그 어수룩한 양반이 정말 자살이라도 했을지 모른다 싶어 마음이 다급해졌다. 아무리! 그 고릴라 같은 양반이 자살 같은 걸 감히 생각할 수 있을까? 인류의 조상이 출현하기 이전인 네안데르탈인의 시대에도 자살하는 종족이 있었을까?

"하여튼 알겠어요. 내일 아침 먹고 제 차를 타고 나가서 찾아봅시다."

"하이구, 증말 그래 주실라우? 이 양반이 갈 만한 골짜기 같은 델 좀 다녀봅시다. 추미산 밑으로 해서 임도(林道)에도 좀 올라가 보고 말이우. 내가 몸만 성했으면 벌써 찾아 나섰을 텐데. 오상열이 차가 있으면 좋으렌마는 그 사람은 지 딸내미 보러 K시로 내려가고 상구도 코빼기를 안 보이니 쯧. 선상님 없었음 어데다 하소연했을꼬."

"별일이야 있겠어요. 갑갑하니까 바람이나 쐬러 나간 걸 거예요."

"그러면 오죽이나 다행이겠어요, 오죽이나. 바깥 날씨 보시잖았소? 여긴 고지대라 밤만 되면 영하 이십 도, 삼십 도는 보통이라우. 눈이 저레 많이 왔으니 까딱 잘못해 길 잃으면 영락없이 얼어 죽어요."

……그렇지 참, 그 침팬지 같은 양반도 불을 다룰 줄 알지. 그렇다면 쉽사리 얼어 죽지는 않을 게다. 주인은 자살을 은연중 염두에 두고 있을지도 모르지만 그 양반의 지능은 자살을 감행하기에는 좀 모자라지 않을까? 영장류를 비롯한 모든 동물들의 두뇌 사전에는 자살이란 단어는 없고 오직 인간만이 자살을 하는 종족이라지 않던가. 인간과 유인원의 중간 단계쯤에서 진화를 멈춘 네안데르탈 원시인.

"아침 먹자마자 떠날 건데 술은 그만 하시는 게 좋겠어요."

"에이, 술 아까 다 마셨는데요 뭘. 빈 병이잖우. 열어보우."

술상을 대충 정리해 한쪽으로 밀어붙이고 그 방을 나왔다. 새벽 한 시가 넘은 그 시각에 막상 술이 필요해진 건 주인이 아니라 나였다.

선반의 가방에 모셔두었던 소주병을 꺼내 강술을 들이 켜는 동안 시종 차디찬 눈 구덩이, 먹구름으로 뒤덮인 저승이 눈앞에 어른거렸다. 그 방을 나오기 전에 집주인 이 던진 마지막 한마디가 내 방까지 뒤쫓아와 덜미를 물 고 늘어지고 있었다…… 사는 기 별거 아니던데, 휘유, 저승길 가기가 이레 고단할꼬.

동냥자루를 메고 방방곡곡을 떠돌며 거지 생활을 하다 가 끝내는 본적지의 장바닥에서 객사한 내 맏형님 모습 이 그날 밤 잠 속으로 뛰어들곤 했다. 옷을 겹겹으로 껴 입어 허리끈은 아예 엉덩이께에 걸쳐져 있었다. 목에 매 달린 헝겊 끈에는 꼬깃꼬깃 접은 라면 봉지, 꽁초 쌈지, 꼬질꼬질한 담배 파이프, 샛노란 플라스틱 물병이 매달 려 출렁대고 있었다. 갓난애들이나 쓰고 다님 직한 그 알록달록한 고깔모자에는 털양말 조각으로 이어 붙인 귀마개가 달려 있었는데, 이 털투성이 맏형님의 얼굴 생 김새며 옷차림은 몹시도 눈에 익은 것이었다.

그는 희디흰 눈길에 선혈을 뿌리며 리어카를 끌고 가 고 있었다. 슬픔이 먹구름처럼 천지 사방에 드리웠고, 탄생보다도 더 무거운 형벌이 리어카 하나 가득 실려 그를 잡아당기고 있었다. 이따금씩 우레 소리가 들이치건만 그러나 기이하게도 그 얼굴은 밝고 환하기만 했다.

 잠에서 깨어나니 혓바닥은 깔깔하고 담배를 입에 대자 헛구역질이 나왔다. 간밤 꿈에서 마주친 저승 풍경이 떠올라 가슴이 두근거리고 맥이 쭉 빠졌다. 꿈을 곰곰 헤아려보니 큰형님의 그 괴상한 차림새며 리어카는 언젠가 안골로 새벽 산책을 가다 마주친 뒷방 양반 모습 그대로였다.

 비상시에 대비해서 헛간으로 들어가 랜턴, 삽, 끈 같은 걸 집주인 몰래 챙겨 차에다 싣고 박씨와 함께 집을 나선 건 정오가 가까워질 무렵이었다. 두 사람 다 늦잠을 잔 것이다.

 "이 못난 인간이 선상님까지 고상시키네. 차라리 짐승을 데려다 멕여주고 입혜줬으면 벌써 충신을 맹글었지. 시상에나! 어찌 그레 평생토록 사람 쪽만 폭폭 썩일 수가 있나. 아이구, 멍청이! 저런 멍청이가 다 있을꼬. 적반하장이지, 적반하장."

 안주인은 그 퉁퉁한 몸집으로 외양간의 쇠똥을 쳐내면서 연신 불만을 터뜨렸다.

"내사 입이 열 개라도 말 못 하겠네. 지가 뭐를 잘했다고 집을 나가나 말이다."

"고만 해. 선상님 듣는데 못 하는 말이 없구만. 허, 고만 하라니깐."

여느 때 같았으면 맞장구라도 쳐야 할 주인이건만 되레 아내를 나무라고 있었다.

1

 내가 그 심심산골의 외양간 옆방에서 겨울 한철을 나게 된 건 어머니의 기억과 무관하지 않다. 그 옹색한 방에선 소들이 뒤척이는 소리, 소의 등짝을 후려치며 핀잔을 끼얹는 소리가 베니어 벽을 타고 희미하게 들려오곤 했다. 그리고 이따금씩 마루 건너 집주인 신음 소리는 어머니의 환영과 뒤엉켜 꿈자리를 휘저어놓곤 했다.
 강소주에 취해 잠들었던 집주인의 고함 소리에 놀라 깨어나 보면 밤새 눈이 내려 쌓인 마당은 희푸른 한(恨)의 빛깔로 물들어가고 있고, 땅바닥 저 깊은 속에서 올라오는 탄식의 소리…… 두메산골의 한밤중을, 잠도 놓친 채 바장이고 있는 이 사람은 누구인가?

한 지붕 밑의 저 모진 목숨들과 곁방살이하게 되면서 내 육신은 온전한 나의 것일 수 없었다. 그들의 고통은 단지 자신들만의 몫이 아니라 내 청년 시절과도 연관이 있지 싶은 생각에 덜미를 잡히곤 한 나였다. 팔다리가 잘려나가고 눈, 코, 입에서 진물을 흘리며 팔꿈치로 방바닥을 설설 기어다니는 그것은 아상(我相)에 사로잡힌 나의 또 다른 모습이 아닐 것인가. 아버지와 자식들의 냉대를 받으며, 외양간의 가축보다 하등 나을 것도 없는 삶을 살다 간 어머니…… 나무관세음.

  지금은 아내가 어머니 몫을 대신해 주고 있어서 목마름이 덜해졌지만 청소년기의 어머니는 있으나 마나 한 존재여서, 지난날 나의 패덕(悖德)과 정신적인 황폐는 어쩌면 어머니 없음에서 비롯된 것일지 모른다. 그 시절 내게 어머니란 한시바삐 어디다 내다 버리고 싶은 귀찮은 짐 보퉁이 같은 존재였다. 그건 아마도 나 한 사람뿐만 아니라 아버지와 형제들에게도 마찬가지였으리라. 가족들의 삶을 구렁텅이로 몰고 간 어머니의 반평생이란 회상하기에도 끔찍한 그 무엇이었다. 굳이 옛일을 되살리려 애써본 적도 없지만 지난날들이 스멀거리며 되살아나기라도 할라치면 도망치기 바빴던 내가 아니던가.

 어머니를 어머니로서 고스란히 느껴보지 못한 인간으로서 이제야 뒤늦게 어머니를 입에 올린다는 건 스스로를 속이는 짓이 아닐까? 얼마나 되살리기 싫었으면 꿈에서마저 어머니를 지워버렸을까. 그런데 이 산골 마을에서 우연찮게도 어머니 모습과 마주치게 되다니.

 이 마을에 처음 발을 들여놓던 그날, 집주인 남자의 모습과 맞닥뜨리게 되자 발걸음을 쉬 돌릴 수 없었던 건 그나마 마음 한구석에 남아 있던 죄책감 때문이 아니었을까?

 그날 아침 친구와 나는 그 집이 멀찍이 올려다보이는 널따란 공터에다 차를 세웠다. 전날 밤 K시의 해변가 카페에서 이것저것 섞어 마신 술로 하여 목이 칼칼하던 참이었는데, '민박'이라 써 올린 그 집 간판에서 때마침 반가운 메뉴를 발견한 것이다.

 "저 집에 가서 한잔하고 갈까? 막걸리라 써 붙인 거 보니까 농주 같은 거 파는 모양인데."

 "농주 좋지."

 "근사한데. 통나무집이야. 이런 산골에 민박집이 다

있다니."

"노릇재라고, 대관령 이쪽에선 알아주는 오지 마을이야. 저 너머가 당산면인데 겨울이면 길이 끊겨버려. 비포장인 데다가 워낙 산이 깊어서 길이 험하거든."

"이런 골짜기에서 뭘 해먹고 살지?"

"강원도 골짜기라고 우습게 보면 큰코다치지. 이래 봬도 여긴 알짜배기 부자들이 많이 살아."

레저 정보 전문가답게 H는 이 일대의 지리며 사람살이에 관해 소상히 알고 있었다. 우리가 지나쳐 온 분지 곳곳마다에 수천수만 평의 고랭지 채소밭들이 눈꽃에 덮여 있었는데, 그것들이 다 일원에서 내로라 하는 부농(富農)들 소유의 당근밭이며 감자밭이라는 거였다. 지나치며 들러본 집들이 더러 사람 없이 비어 있었는데, 농사철이 끝나자마자 시골집을 비워두고 K시로 내려가 겨울을 나고서는 파종기가 되어서야 올라오기 때문이란 거였다.

어느새 우리는 얇게 쌓인 눈을 밟으며 그 집 가까이 다가가 있었다. 그 집은 요즘 세상에 흔치 않게도, 통나무를 우물 정(井) 자로 층층이 가로 대어 벽을 둘러친 귀틀

집이었다.
"마당 널찍해서 술맛 나겠구만. 근사한 집인데그래."
"식전인데 술 마셔서 어쩔려구?"
"딱 한 잔씩만 하지. 막걸리 한 잔쯤이야 어떨라구."
"그러지 뭐 그럼."

술을 별로 즐기지 않는 H의 시큰둥한 반응을 귓가로 흘리며 그 집 마당으로 들어서는데 개들이 한꺼번에 목청을 높여 짖어댔다. 마구간 초입에 매어둔 도사견이 그 가운데서 가장 악살맞게 길길이 뛰었다. 가까이서 들여다본 집 안 풍경은 멀리서 바라보던 것과는 달리 심히 실망스러웠다. 마당 한쪽의 외양간 울타리 안에는 쇠똥이 작은 산을 이루었고 마당 여기저기엔 삭정이 부스러기며 개똥이 널려 있었다. 패다 만 장작과 도끼 자루가 장독대 근처에 어수선히 나뒹굴었다.

"누구…… 무슨 일로 오셨습니까?"

줄줄이 새끼들을 매달고 젖퉁이를 덜렁거리는 도사견한테 야단을 치던 빨간 캡 쓴 사내가 뒤돌아보며 물었다.

"술 한잔 마실 수 있을까 해서요."
"예? 술요?"

놀란 기색이 역력해 보였다.

"막걸리 한잔하고 갈까 하구요."

"막걸리요?"

당연히 술을 팔겠지 싶어 그 집으로 들어섰던지라 사내의 반응이 뜻밖이란 느낌이었다. 사내는 좀 난감하다는 듯이, "형님! 형님! 이리 좀 나와봐요. 손님 오셨어요." 하고 개 짖는 소리보다 더 큰 소리로 그 집 마루를 향해 거푸 외쳐댔다.

방문이 젖혀지며 모습을 드러낸 주인 사내를 본 순간 느닷없이 축생 같은 생애를 살다 간 어머니 모습이 떠오른 것도 참 요망스러운 일이었다. 주인은 팔다리가 절단된 몽땅한 몸뚱이를 기우뚱거리며 마루로 나왔는데, H도 나도 선뜻 말문을 열지 못하고 어물쩍거렸다.

"형님, 이분들이 술 파느냐고 그러는데요."

"술? 뭔 술을?"

"막걸리 좀 마실 수 있을까 하구요. 혹시 농주 같은 거 담아는 게 좀 있습니까?"

"농주요? 허허, 요새 농주 찾는 분들도 기시네. 막걸리는 없지만 쏘주는 있어요. 술이야 을마든지 있지요."

주인은 반색하며 그 부댓자루 같은 몸뚱이를 시멘트 마당으로 난짝 내려놓았다. 돈을 받고 술을 팔겠다기보다는 만만한 술 동무를 반기는 듯한 태도였다. 신체가 그 지경인데 어찌 그리 눈 깜짝할 사이에 수월하게 몸을 움직일 수 있는지 실로 신통했다.

허벅지 끝에 잡아 묶인 신발이 묘했다. 자동차 타이어를 잘라 만든 물건이었다. 방 안에서 그걸 착용하고 있었던 것으로 보아 급할 때는 실내든 실외든 가리지 않고 사용하는 모양이었다.

"어이, 어쩌지? 아침부터 소주 마시긴 좀 그런데."

내가 싫은 내색을 내보인 건 딱히 주종을 가려서라기보다는 주인 남자의 모습에 질려서라고 해야 옳을 것이다.

"많이 마실 거 아니잖아? 잠깐 쉬었다 가지 뭐."

"그러까. 쉬었다 금방 가자구."

이 한촌으로 느닷없이 들이닥친 두 내방객을 놓치기라도 할세라 주인은 몹시 서두르는 기색이었다.

"기왕에 내 집에 오셨으니 쏘주 한잔하고 가요. 어여! 들어와요."

술 생각이고 뭐고 싹 달아나는 형편임에도, 아니 오히

려 그러기에 더더욱 우리는 주인의 청을 거절할 수가 없었다. 주인이 사지 번듯한 정상인이었더라면 우리는 이내 그 집을 포기하고 딴 집을 물색하려 들었을지도 모른다. 아침밥도 거른 주제에 대낮부터 소주병을 차고앉을 고주망태들이 아니었기로 말이다.

"어데서 오셨수? 서울서 오신 양반들 같은데."

"예. 그렇습니다만."

"날씨가 이레 추운데, 한겨울에 우째 이런 촌구석에르 들 다 오셨수?"

"지나가던 객인데 저 간판 보고 들어왔지요."

"여름엔 옥시기 술을 담가 팔았는데 요샌 찾는 사람이 없어서 술을 안 담갔어요. 겨울에 이빨 시린데 누가 찬술 마실라 그러나요. 들어와요. 얼릉요. 추운데 거어 섰지 말고 얼릉 올라와요. 이봐, 상열이, 저거 좀 저쪽으로 마카 치워주겐? 원, 집안 꼬라지라고 어수선해 놔서."

신체만 비정상이지 말이든 행동거지든 한 가지도 그릇된 데가 없는 주인임을 알게 되자 미안함이 좀 가시는 듯했다. 불구의 몸을 가진 사람 앞에서 사지 육신 멀쩡하다는 건 어떻든 좀 미안스러운 일이었기로 말이다. 신체가 그렇기는 하건만 그 얼굴은 그 어떤 보살의 얼굴보다도 더 밝은 동안(童顏)이었다.

주인 사내는 몽땅한 절굿공이 같은 팔을 휘둘러대더니, 시멘트 바닥이 쿵쿵 울리는 괴상한 걸음걸이로 마루로 난짝 몸을 들어올려 뒤주에서 한 되들이 소주병을 끌어내렸다. 이어 소주병을 끌어안은 채 엉덩이를 한껏 쳐든 포복 자세로 기를 쓰고 기어 나오고 있었는데, 그건 영락없이 저주받은 길짐승의 모습이었다. 마소라든지 들짐승들은 제 타고난 천성이 그런지라 그리 비참해 보일 까닭이 없겠으나 직립 동물인 인간이 저 지경이니 저주라는 단어가 저절로 떠오를 만도 했다. 사내는 제 주인 등에 걸터앉아 목덜미를 핥아대던 그 집 도사견보다도 더 못한 몰골을 하고 있었던 것이다. 기동하기가 불편해 팔꿈치로 방바닥을 설설 기던 어머니 모습이나 목전의 저 사내 모습이나 거기서 거기였다.

이윽고 빨간 캡 사내와 우리는 마루에서 주인과 마주앉게 되었는데, 주인 사내가 댓병짜리 비닐 소주병 뚜껑을 따서 잔에다 일일이 따르는 그 과정이 예사로 보이지 않았다. 사내는 몽땅한 팔꿈치 두 개를 맞붙여 술을 따르고, 더더욱이나 그 몽당 팔 두 개로 라이터 불을 일구고 담배 개비를 집어 올리는 데야 더 보탤 말이 있을 수 없었다. 담뱃재를 떨 때마다 담배 문 입을 재떨이로 옮겨가자면 고개를 숙여야 되니, 마치 절을 하는 형국이었다. 그 동작이 번거로우니까 사내는 아예 담뱃재를 마룻바닥에다 흘려버리기도 예사였다. 하체가 두 뼘이 채 안 되니 앉음새도 불안하기 짝이 없었다. 그 묘한 앉음새나 담배 피우는 모습이 또한 어머니를 떠올리기에 족했다.

생전의 어머니도 담배를 피우기 위해서는 팔꿈치 걸음으로 기어가 봉초 쌈지를 끌어오거나 장죽으로 쌈지를 끌어당기곤 했다. 팔다리 놀림이 부자유스러우니 문지방이든 밥그릇이든 어디든 아무 데나 담뱃재를 툭툭 쳐 떨어버리기도 예사였다.

"혹시 이 동네에 방 내논 집 있어요?"

주인 남자 몰골 때문에 한시바삐 그 자리를 피해 버리고 싶었건만 그러나 혀가 마음대로 따라주지 않는 게 이상했다.

"방이오? 방은 얻어 뭐르 하시게?"

"한겨울 동안 좀 쉬었다 갈까 하구요."

이 불구의 사내가 자꾸 나를 힐난하고 끄집어당긴다는 묘한 기분이랄까.

"하이구나, 그렇게나 오래요?"

"네. 두서너 달 정도."

그들로서는 상당히 뜻밖인 모양이었다.

"겨울에 여어 농촌에 와 지내시겠다구? 두 분이서요? 아이, 대체 뭐르 하시는 분들인데 이레 형편없는 촌구석을 다 찾아요?"

"이 친구는 아니구 저 혼자 와서 지낼라구요. 조용한 데서 수양 좀 할까 해서요."

"실례지만 아자씨들 뭐 하시는 분이시우?"

"아아, 저어…… 그냥 잠시…… 암튼 책이나 좀 읽구 말입니다."

"핵교 선생님이신가?"

"그런 건 아니지만 암튼. 그 말씀은 이따 드리지요."

"허허허허, 책 좋지요. 여긴 동네가 조용해서 책 읽구 뭐 그런 거 하는 덴 적격이지요. 동네 제대로 찾아오셨네요, 허허허허."

그렇게 허허대는 빨간 캡 사내는 주인과는 달리 먹물

을 먹은 티가 역력했다. 이목구비, 차림새, 손마디하며 가 이 깊은 산골의 농촌 생활과는 썩 어울리지 않아 보였다.

 빨간 캡 사내와 주인이 눈을 맞추는 기색이더니 서로 앞서거니 뒤서거니 하며 바로 이 집이 여름엔 민박 손님을 받는 집인데, 마침 손님이 없는 철이니 이 집에서 기거함이 어떠하겠는가고 물어왔다. 집안이 어수선하고 개들이 소란을 떨어대며, 그리고 무엇보다도 정갈스러움과는 거리가 먼 주인의 겉모습하며가 나로선 전혀 마음 내키는 집이 아니었다. 다만 한 가지, 마을 저 아래로 오염되지 않은 널찍한 개울이 멋들어지게 휘어지며 흘러가고 있었는데, 여기가 답답한 산골 마을이란 느낌이 별로 안 드는 건 그 때문일지 몰랐다.

 "빈방이 있어요?"

 건성으로 내가 물었다.

 "빈방? 저기도 방이 있고 요 방도 있지요. 방이야 을마든지 있어요. 식구래야 뭐 우리 내우밖에 없어요."

 "자녀분들은요?"

 "가들은 다 나가 살지요."

식구가 단출하다는 게 그나마 다행이긴 했다.

"차 소리가 좀 시끄러울 것 같은데."

하고 나는 엉덩이를 뒤로 빼는 기분으로 토를 달았다.

"차 소리요? 고깐 차 소리가 뭐이 어때서요? 겨울인데 이 너머론 차가 몇 대 지나가지도 않아요. 눈이 와 쌓이면 조 밑에 에스 자로 커부진 데는 가파르구 미끄르와서 차가 올라오지도 못해요. 시방 에스 커부 글로 올라오다 보시잖았소? 여기야 절간이지요 뭐."

"방을 좀 볼 수 있을까요?"

별로 마음 내키지도 않으면서 예의상 그렇게 청했으리라.

"이봐, 지호 아부지. 거른방 좀 보여드레. 거 시방은 짐을 잔뜩 들에놨는데, 오신다 하면 마카 치워서 도배까지 싹 해드릴 테이."

지호 아버지라 불린 빨간 캡 사내가 부엌과 붙어 있는 건넌방 문을 열어 젖혔다. 방구석 자리에 쥐구멍이 나 있고 사료 부대며 헌 가구 나부랭이들이 널브러져 있는 건넌방은 옹색하기 짝이 없었다. 어른 둘이 누우면 더 이상 발 디딜 데가 없으리만치 좁았다. 천장마저 낮아 더 옹색해 보였다.

"저 벽 뒤는 어디지요?"

"그쪽은 부엌이고 요쪽은 오양간하고 마주 붙었지요. 누렁소가 두 마리 있어요."

방으로 들어가 사료 부대 뒤로 팔을 디밀어 외양간과 맞붙은 벽을 퉁퉁 쳐보니 벽 뒤가 완전히 허당이었다. 부엌과 맞붙은 벽을 두들기자 흙이 쏟아져 내렸다.

"벽이 좀 허전하네요. 세멘을 안 바른 모양이지요?"

"야아. 그리 됐지요. 원래는 이 방도 오양간인데 방 들이느라고 두꺼운 베니아판으로 막았지요. 스티로폼 이십 미리짜릴 대놔서 냉기는 별로 안 들 거요. 우리 아이들도 마카 그 방에서 키왔는데요 뭐. 그 방이 맘에 안 들면 안방 비워드리지요 뭐."

"그럴 수야 있나요."

외양간 옆방이라. 분에 넘치게도 송아지들과 곁방살이하게 되려나. 근사하긴 하겠다만 문제는 주인 양반이다…… 그러나 생전의 어머니를 연상시키는 그 모습이 돌아서려는 내 마음을 윽박질렀다.

"식사는 어떻게 해결하실라고? 혼자 해 자실려오?"

"글쎄 그거야 좀 그렇겠지요."

"서울 양반이 이런 촌구석에서 해주는 밥 깔끄러버서 어데 자실라나 모르겠네."

주인은 앞으로 나의 유숙이 기정 사실이 된 양 말하고 있었다.

마당으로 나와서 담배를 피우며 H가 물었다.

"어때? 괜찮아? 마음에 들어?"

"글쎄. 방이야 아무려면 어떨까만 집안 분위기가 좀 그래. 어수선하고 영 그런데."

"마을이 호젓하고 좋잖아. 딴 데 가봐야 별 거 있겠어? 저 경치 좀 봐. 이런 덴 흔치 않아."

"생각 좀 해봐야겠어."

"여러 소리 말고 여기서 한겨울 지내라 마. 수양하기 딱 좋잖아. 시시한 호텔보다 낫다."

내 마음의 향방을 알 리가 없는 H는 태평하게 말하고 있었다. 그렇다고 여기까지 따라와준 H에게 섭섭한 마음을 가질 수 있는 형편은 아니었다. 그는 적어도 전문가였고 그가 아니었더라면 이런 깊은 골짜기를 찾아내기가 수월치 않았으리라. 게다가 H는 주인의 처지를 안

쓰러이 생각하고 있는 눈치였다. 앞으로 내가 지불하게 될 하숙비가 저 노동력 없는 가장한테는 수월찮은 보탬이 될 거라는…… 나 역시 그런 생각을 아니한 바는 아니었다.

"이 마을에서 민박할 데는 이 집밖에 없어요. 딴 집은 빈방들이 없거든요."

"오다 보니까 빈집들이 많던데요?"

"빈집 찾으십니까?"

빨간 캡이 그렇게 물었는데, 이 나이에 스스로 밥 지어 먹는다는 건 엄두도 못 낼 일이었다.

"빈집 원하시면 얼마든지 구해 드리죠. 그런 집은 쌔구 쌨어요."

"빈집에서 혼자 지내긴 좀 그렇네요."

"서울에 처자는 있겠지요?"

"예. 물론 있지요."

"거 보십쇼. 홀아비 생활 해본 사람도 아니구 처자 있는 사람이 이런 데서 혼자 밥해 먹구 지낸다는 건 아무나 못해요. 기왕 들어오셨으니 이 집으로 정하시죠 뭐. 집이 외져서 이 형님네두 적적하니 서로 의지도 될 거구요. 앞으로 여기서 지내보면 아시겠지만 솔직히 이 형님 굉장히 좋은 분이에요. 이 집 형수님두 참 좋아요."

그렇게 주선을 놓는 빨간 캡 사내도 사람 하나는 좋아 보였다.

멀리 눈 아래 공지를 향해 굉음을 내지르며 달려 올라온 사륜 트럭 한 대가 우람한 고사목 아래서 멈추었다. 떠꺼머리 젊은이 하나가 트럭에서 뛰어내려 휘파람을 날리며 다리를 건너가고 있는데, 그제야 이 적막강산도 사람 사는 동네로구나 싶은 확실한 느낌이 와 닿았다.

"여긴 버스가 다닙니까?"

"하루 세 번 와요. 눈 많이 오면 버스도 끊겨요. 차 안 가진 사람들은 며칠씩 꼼짝 못하고 마카 갇혀 지내지요. 차가 무슨 차요? 승용차예요?"

"조오기 조 지프예요."

"찌뿌차요? 찌뿌차라면 데후가 달렸을 거 아니우? 여언 겨울 들면 되우 눈이 많이 와요. 겨울이면 사륜 구동 아니면 힘들어요."

"그럼요. 사륜 구동이지요."

"거 마침 잘됐구만. 아주 안성맞춤이네그려. 우째, 우리 집에서 한번 지내보실라우?"

그러자 빨간 캡이 재촉해댔다.

"오시는 걸루 결정하시지요. 오신다면 대환영입니다."

주인이 건네는 소주잔을 사양한 채 한동안 궁리에 싸여 있던 나는 내 깊은 속마음을 감추며 자신 없는 결론을 내렸다.

"집이 우선 조용해서 마음에 드는군요."

"야? 그러믄 오시겠단 말씀인가."

"앞으로 어르신네 신셀 좀 지십시다. 잘 부탁드리겠어요."

"아이구나. 여어 기시겠다면 성의껏 해드리지요. 깡촌이라 별것 없겠지만서두."

장은 어디서 봐오느냐고 물었더니, 당산에두 장이 서지만 여기 사람들은 아예 K시로 나간다는 거였다. 해발 팔백이 넘는 고지대라 나는 건 감자하고 옥수수밖에 없어 생선이니 양념은 다 저 아랫녘에서 사다 먹는다. 봄여름엔 생선 차가 올라왔는데 요샌 길이 미끄러워서 한 대도 안 올라오니 겨울엔 육류나 생선 반찬 구경하기가 대왕마마 배알하듯 한다…… 앞으로 반찬이 시원찮을 거라는 얘기를, 주인은 그렇게 빙빙 돌려서 하고 있었다.

안주인이 들어선 건 시간이 좀 지나서였다. 튼실한 몸매에다 걱실걱실한 인상이었다. 남자 몫의 집안일을 혼자 다 떠맡아 처리하느라 그런지 기운깨나 쓰게 보였다. 팔꿈치에서 어깨까지의 굵기가 축구 선수 다리통만 했다.

안주인은 부엌으로 들어가 달걀 프라이와 새로 썬 김치를 내왔는데, 주인 남자는 이게 바로 자기 집에서 키운 토종닭의 알이라고 자랑이 한창이었다. 김치 담근 지 두어 달이 넘었다는데도 워낙 추운 지방이라 아직도 익지 않은 날김치 그대로였다.

남편한테서 무슨 귀띔을 받았던지 냉수를 한 사발 담아 내오던 안주인 입이 벙글어졌다.

"아이고, 이거 큰일 났네. 반찬도 시원찮고 집안 꼴도 이레 어수선한데. 당장 장판 깔고 도배부터 해야겠네."

그러자 주인 사내가 몽당 팔을 휘둘러대며 맞장구를 쳤다.

"그러믄 그럼. 방바닥에 깔아논 세멘 포대도 마카 뜯어 치우고 짐을 싹 들어내고 말이야. 이봐, 이번에 장에 가거들랑 형광등도 하나 사와. 전깃불도 새로 매달아 디레야지. 형광등 갓에 워언 파리똥 천지야. 이봐 지호 아부지, 이 손님 오시는 날은 말이야, 산토끼든 꿩이든 잡아다가 꿩만두를 해먹세."

"그럽시다요. 깟놈의 꿩이라면 몇 마리도 잡아놓지요 허허허허. 그런데 뭐 하시는 분입니까? 좀 알고나 지냅시다. 전 오상열이라 합니다."

그리고 오(吳)는 자신의 이력을 두서없이 늘어놓았다. 고향이 K시고 K상고를 나왔으며, 수년간 영국의 모 정유 회사에 근무하다가 귀국해 부친의 땅이 있는 이 마을로 들어온 지 2년 가까이 됐는데, 부모와 식구는 K시에다 두고 혼자 올라와 농사를 짓고 있다는 거였다. 그러고 보니 그의 옷매무새라든지 밝은 살빛이 오랜 외국 생활 때문이 아닐까 짐작되었다.

우리도 신분을 아니 밝힐 수 없게 되었다.

"이 친군 여행 전문가 비슷한 직업을 가졌지요. 잡지에 명소를 소개하기도 하고. 대한민국 방방곡곡을 속속들이 주르르 꿰어차고 있는 친구지요."

"아하, 그래서 카메라를 갖고 다니시누먼요."

"곳곳의 섬, 오지, 낚시터, 유적지, 뭐 그런 명소를 찍은 슬라이드를 수만 장은 갖고 있지요."

나는 H의 업적을 간략하지만 그럴싸하게 덧붙였다. 그가 눌러쓴 모택동 모자와 길게 자란 수염 때문에 내 해설이 더 근사하게 들렸으리라.

"이 친군 소설가예요."

그리고 H는 내가 멋쩍을 정도로 과장을 얹어 내 신분을 소개했다. 이런 산골까지 와서 초면에 지명도를 늘어놓곤 하는 일이 여간 쑥스럽지 않은 일이었으나 H는 자기 일이 아니니만치 얼굴 한번 붉히지 않고 해내고 있었다.

"아이구, 몰라뵀습니다. 그래서 어딘가 안면이 많다 그랬지요. 인생의 대선배님을 몰라뵀습니다. 앞으로 지도 편달 바라겠습니다."

빨간 캡 사내는 귀빈을 맞이하는 듯한 태도로 바뀌었다. 소설가란 직업이 그토록 신기롭게 여겨지는 모양이었다. 소설 쓴다는 사람이 하필이면 이런 오지를 찾아 들어온 이유를 그들은 꼬치꼬치 캐묻지 않아서 다행이었다. 소설가. 그거면 다 해결되었다.

북한산 어귀의 주택가에 조용한 작업실을 갖고 있으면

서도 왜 이런 첩첩 오지를 찾아왔을까? 새로운 작품 구상을 위해서? 아니면 취재를 위해서?

아무려나. 아무래도 좋았다. 아내한테 적당히 그렇게 둘러대고 길을 떠나오긴 했지만 실은 그런 건 아무 의미 없는 구실거리였다. 당분간 서울을 떠나 있을 수 있다는, 단지 그 사실 한 가지만으로도 충분히 숨구멍이 트일 수 있었다. 숨통을 터주지 않으면 이제 곧 어떤 위험이 닥치리라는 예감을 나는 갖고 있었다. 수년 동안 해왔던 작업이 내리달아 실패로 돌아갔을 때의 낭패감이란…… 아니, 그것만이 아닐지 몰랐다. 어느 시점엔가부터 서서히 윤회의 길목에 서 있는 스스로가 보이기 시작했을 때의 난감함.

책 출간에 따르는 여러 가지 번거로우나 꼭 필요한 절차가 다 끝나고 이젠 더 이상의 기대가 완전히 끊긴 상태에서 손가락 하나 움직이기도 싫어졌을 때, 이젠 될 대로 되라고 완전히 자포자기하게 되었을 때, 그때 문득 떠오른 것이 강원도 오지행(奧地行)이었던 것이다. 번번이 이런 일에는 충분히 길들어왔음에도 이번만은 감이 좀 달랐다.

세계화니 정보화 시대니 뭐니 떠들어대는 정권 담당자들의 부채질에 힘입어, 바야흐로 낯설고 감내하기 힘겨운 세상이 도래하여 주위의 많은 것들이 비틀리고 뒤엎어지는 판인데, 나 혼자 반듯하게 유지하겠다는 건 몰염치요 과분한 욕심일지 몰랐다. 잔뜩 움켜쥐고 있던 것들이 결국은 빈손이요 맨몸뚱이에 다름없었음을 깨달았을 때, 그때 내 앞에는 징그럽게 처치 곤란한 허무가 꿈틀거리며 가로누워 있었다.

　그래서 무엇을, 어디서부터 다시 시작할 것인가? 아니, 지금은 그런 것들을 떠올리는 일조차 귀찮았다. 소중한 가치로 여기며 신줏단지처럼 끌어안고 지내던 그것들을 내다 버리고 싶다는…… 그리하여 우주의 낯선 공간 속으로 티끌처럼 속절없이 사라져버리고 싶다…….

　다시 시작하리라고? 무엇을? 전도가 불투명한 세기말의 혼돈 가운데서 무슨 춤을 또다시 시작한단 말인가?……가능하면 다 잊어버리고 영영 잠들어버리는 일.

　"그래 선상님 언제쯤 오실 작정이시우?"

　기분이 좋아져 아예 양재기에다 소주를 따라 벌컥벌컥 들이켜며 주인 남자는 거듭거듭 물어댔다.

"서울 들어가서 이삼 일 안으로 연락을 드리지요. 떠나기 하루 전날 전화 드리겠습니다."

그 집 전화번호를 수첩에다 적고 나서 내 집과 작업실 전화번호를 알려준 뒤 마당을 나섰다. 그 전에 한 달 숙식비 얘기가 나왔는데, 주인으로서는 이런 일이 생전 처음이니만치 알아서 내면 좋겠다는 거였다.

시골집 하숙비야 까짓 얼마 되랴 넉넉히 내리라 생각하고 그 집을 나설 때 왠지 뒷덜미가 서늘히 비어오는 느낌을 받았다. 껌껌한 외양간 속으로부터 끈끈하고 호기심 많은 어떤 눈초리가 나를 줄곧 감시하고 있다는…….

그쪽으로 연신 고개를 돌렸는데, 외양간이 워낙 어두워서 그 안의 정황이 명확하게 파악되지는 않았지만 그건 움직이는 물체임에 틀림없었다. 내가 자꾸 뒤돌아보자 그 물체는 기둥 뒤에 몸을 숨기는 기색이었으나 눈초리만은 내내 우리를 향하고 있었다. 몸체가 시꺼멓고 덩치가 큰 데다 기둥을 끌어안고 있었으므로 직립한 곰의 형상에 가까웠다. 축 늘어진 귀가 손바닥만 하고 얼굴이 황소 머리통만 했다.

혹시 사람을 잘못 본 게 아닐까? 만에 하나, 그 속에 사람이 들었을라치면 우리가 그 집에 머문 게 거의 두어 시간 남짓 되었건만 그새 한 번도 밖으로 모습을 드러내지 않은 것도 이상하다면 이상했다. 그 집 소는 아닌 것이, 누렁소 두 마리는 분명히 외양간 바깥의 쇠 울타리에 매여 있었다. 얼핏 스쳐간 느낌으로는 수백만 년 전에 멸종되었다던 공룡 비슷한 게 아닐까 싶기도 했다. 그 괴물이 곧 뒤따라와 달라붙을 것도 같았다.

아니겠지. 그 속에 설마 뭐가 있으랴.

아니, 혹시나…… 몸이 저러니 인생 곡절도 파란만장이리라. 그런 주인이라면 취미도 괴팍스러워서 혹시 소 말고도 딴 짐승을, 이를테면 멧돼지라든가 곰 같은 맹수를 숨겨두고 기르고 있을지도 몰랐다. H한테 그 얘기를 했더니 쓸데없는 소리 말라며 웃어넘겨 버렸다.

우리는 차를 몰아 우리나라에서 가장 오지라 불리는 구절리(九切里)로 빠졌다. 덜컹거리며 두 시간 남짓 험한 비포장길을 저속으로 달렸는데, 원시를 방불케 하는 첩첩산중의 절경이 우리를 압도해 왔다. 지금은 폐광이 되어버린 썰렁한 탄광촌의 식당에서 국밥을 시켜 먹은 뒤 여량(餘糧)이란 소도읍을 통과해 정선을 향했다.

며칠 뒤 짐을 싣고 그 집으로 들어가니 건넌방은 도배가 되어 있었으나 장판지는 누렇게 탄 옛것 그대로고 파리똥 천지인 형광등도 여전했다. 헌 기물과 곡식 자루로 어수선하던 마루가 얼마쯤 정리되어 있었다. 서울 다녀온 그 며칠 사이에 발목에 차오를 정도로 눈이 제법 쌓여 있었다. 남대문 시장을 뒤져 속에 털을 넣은 가죽 장화를 사 신고 온 건 참 잘한 일이었다.

장판이며 형광등, 반찬거리를 사러 간다는 여주인을 지프에 태우고 K시로 나간 건 그 이튿날 오전이다. 일전에 주인이 언급한 그 에스 커브는 세 구비였는데, 빙판이 져 있어서 지프를 몰고 오지 않았더라면 낭패를 당하기 딱 알맞았다. 사륜 트럭에나 사용하는 굵은 체인을 치고 바퀴를 사륜 구동으로 놓고서야 간신히 급경사진 커브를 통과할 수 있었다.

눈으로 뒤덮인 마을은 쥐 죽은 듯 고요하였다. 집 뒤꼍의 전깃줄이 바람에 쏠리는 소리, 담장 밖으로 참새 떼가 몰려와 떠드는 소리도 상쾌하기만 했다. 건넛마을 너머 멀리 해발 천오륙백 남짓하다는 추미산(秋美山)을 둘러싼 거대한 산괴가 시야를 압도하고 있었다.

"짐이 을마나 많던지 방 치우느라 혼이 쑥 빠졌어요. 짐 들에놀 데가 없어서 마카 마당에다 쌓아놨지요. 선상님 오신다이 우리 저 양반이 맨날 잠을 안 자고 좋아하대요."

눈이 웬만큼 치워져야 버스가 올라오기에 며칠 동안 장을 볼 엄두도 못 내고 꼼짝없이 갇혀 있었다던 안주인은 그날 아침 밥상머리에서부터 상기되어 있었다.

읽을거리로 가져온 건 문학 관계 서적이 아니라 불교와 선(禪)에 관한 꽤 까다로운 책들이었다. 책이 머리에 들어오면 읽을 것이고 안 그러면 실컷 낮잠이나 자리라. 가능한 한 머릿속을 텅텅 비워놓을 것. 그도 저도 마음대로 안 되고 싫증이 나면 사람 왕래 없는 협곡으로 들어가 라면 끓여 먹고 웅크려 추위에 떨며 지내리라. 거덜나고 거덜난 끝에 더 이상 꼼짝달싹할 수 없을 때에야 마침 할랑한 시간이 찾아왔다는 게 좀 유감이긴 했다.

그 집에 든 지 이틀이 지났건만 꿩을 잡아 오겠다던 오상열이란 사내는 함흥차사였다. K시에서 장을 보고 돌아온 날 밤 술안주는 꿩 대신 주인집 닭으로 대체되었다. 집에서 키운 닭이라 뼈가 억세고 고기가 쫄깃거렸다.

이따금씩 외양간을 지나칠 때마다 그 안에 신경이 쓰였다. 전날 본 괴물의 존재가 궁금해서였는데, 아무래도 그날은 이 집이 거느린 음산한 분위기 때문에 잔뜩 긴장해 있어 허깨비를 본 게지 싶었다.

2

 마을에 온 이후로 뒷방 사내가 웃는 얼굴을 보지 못했다. 표정이 없는 게 아니라 언제나 골이 난 얼굴을 하고 있었다. 원체 말없이 묵묵히 일만 하니 목소리도 듣기 힘들었다. 이따금씩 소를 한 대씩 쥐어박으며 어유 씨, 어유 씨, 하고 투덜거리는 게 고작이었다. 그의 아내 역시 마찬가지였다. 본체만체할뿐더러 인사를 건네도 별 대꾸가 없었다. 한 지붕 밑에 사는 사람을 매양 낯선 얼굴로 쳐다보다니.
 그들은 나를 단순한 여행객으로 알고 있는 것일까? 그럴지도 모른다. 여름에 개울로 물놀이를 왔던 사람들이 더러 묵어가기도 했다니 말이다. 한 지붕 밑에서 한 식구처럼 살고 있는 사람과 하루이틀 민박하고 가는 손님을 구분하지 못할 정도로 그들의 지능은 낮은 것일까?

그건 아직 장담할 단계가 아니었다. 그러나 겉보기로 하자면 그럴지도 모른다는 생각이 든다. 누가 보기에도 정신 박약자임에는 틀림없는 사람들이었다.

처음엔 뒷마당 쪽에 방이 있는지조차 몰랐다. 뒤뜰로 돌아가는 모퉁이에 내 방보다도 더 옹색한 방이 하나 있으며, 거기 옷가지며 잡동사니를 산더미처럼 쌓아놓고 짐승처럼 웅크리고 살아가는 두 늙은이가 있음을 알게 된 건 꽤 여러 날이 지나서였다.

뒷방 사내가 눈에 띈 건 눈이 많이 내린 날이었다.

안주인이 차려주는 점심상을 물린 뒤 산책을 하고 돌아오던 길이었다. 대문간을 들어서기 전에 집 안으로부터 고함 소리가 들렸다. 고함의 장본인은 주인 박씨였는데, 마당으로 들어서는 나를 본 순간 주인은 흥분해서 마구 휘둘러대던 그 절굿공이 같은 팔을 얼른 거두어들였다.

이제 마악 주인으로부터 호되게 야단을 맞은 한 사내가 어슬렁거리며 외양간 속으로 숨어들고 있었다. 덩치가 상당한 거한이었다.

"무슨 일이지요?"

"아이, 암것두 아니우. 에익, 저 머저리 같은 인간이! 모주골 갔다 오시는 길이우?"

"예. 안골에두 들렀지요."

"어이구, 안골까지나. 멀 텐데. 에이, 머저리 같은…… 말귀도 몬 알아듣고 쯧."

외양간 사내가 갖고 들어가던 싸리비에 생각이 미치자 방금 전에 벌어진 상황이 대충 짐작되었다. 마당에 빗질 자국이 선명했고, 지프에 쌓인 눈을 치우느라 보닛이며 앞 유리를 함부로 벅벅 긁어놓은 억센 싸리비 자국…… 마당에 쌓인 눈을 쓸던 사내가 내 지프에도 빗자루를 갖다 댄 모양이었다. 그러니 좀 전에 터져 나온 그 고함은 이런 것이었으리라.

―쓸지 마! 차에 기스 나! 허허잇 참, 차는 쓸지 말라니까! 차에 기스 난다고오. 귓구멍이 막혔사? 에이, 머저리 같은 인간!

지프 너머로 '머저리 같은 인간'이 사라져 간 외양간을 바라보았다. 마대로 씌운 문 한 짝이 열려 있건만 그

속은 어두웠다. 나와 눈이 마주칠 때마다 사내는 얼른 기둥 뒤로 얼굴을 숨겼다. 내가 딴 데를 보는 척하자 사내는 고개를 빼내고 정신없이 노려보았다. 또다시 그쪽으로 시선을 돌리니 재빨리 얼굴을 숨겼다. 그렇게 몇 번이나 숨바꼭질이 계속되었는데, 친구 H와 함께 박씨 집에 처음 들렀던 날, 그 집 전화번호를 적고 대문간을 나서기 전에 외양간에서 줄곧 바깥을 노려보던 괴이쩍은 야생 동물의 눈초리, 그리고 바로 그 기둥……. 일전에 일어났던 것과 똑같은 상황이 아닐 수 없었다.

한 지붕 밑에 살면서 일주일이 넘도록 눈치도 못 채고 있었다니. 참으로 기이하다고 할 수밖에 없었다.

저 사람이 누구냐고 물어볼까 하다가 그만두었는데, 말 못할 무슨 까닭이 있으려니 해서였다. 보아하니 이 집에서 부리는 머슴 같은데, 그렇다면 왜 여태껏 내 눈에 한 번도 안 띄었던 것일까? 밖으로 잘 나다니지도 않고 늘상 외양간 속에 죽치고 들어앉아 있었던 것일까? 외부인의 기척만 들리면 지금처럼 재빨리 몸을 숨겨버리곤 한 때문일까?

짐작이기는 하지만 사람 기피증에 걸린 사내가 아닐

까? 그날 그 사내는 급작스레 들이닥친 내방객의 눈에 띌까 봐 오도 가도 못하고 꼼짝없이 외양간에 갇혀 있었던 모양인가. 어떻든 식구라곤 자기 내외 둘뿐이라던 박씨의 말은 사실이 아니었던 것이다.

주인이 거짓말을 했다고는 생각되지 않는다. 왜냐하면 그들 뒷방 사람들은 한 번도 밥상에서 마주 앉아본 일도 없고 낮에 안채로 왕래하는 걸 본 적이 없으니 실은 두 식구밖에 없는 거나 마찬가지였다. 그 당시까지의 내 짐작으로는, 앞으로 와서 기거하게 될 서울 손님의 기분을 상하게 하지 않으려 애써 뒷방 사람들의 존재를 숨기지 않았을까 싶었다.

어느 날 새벽 안골로 산책을 갔다 돌아오던 길에 마주친 그 사내를 가까이서 보게 되자, 왜 내가 그 사내를 덩치 큰 괴물로 잘못 보았던지 알 만했다. 옷을 너무도 겹겹으로 껴입어서 멀리서 보면 사람 같지가 않고 곰이나 뭐 그런 유사한 짐승으로 오인하기 딱 알맞았다. 게다가 온 얼굴을 뒤덮은 털, 얼굴이 황소 머리통만 한 건 온 어깨를 덮으리만치 부풀어오른 머리숱 때문이었다.

그날 이른 아침 나는 밑창 홈이 깊게 파인 조깅화를 신고 모주골로 산책을 나선 길이었다. 길섶의 산토끼 발자국을 따라잡으며 짐승의 행방을 추적하고 있을 때 사내와 엇갈렸다. 털모자를 콧잔등까지 눌러쓴 뒷방 사내는 리어카를 끌고 있었다.

목례를 하며 알은체했지만 그냥 지나치려 했다. 다가가 인사말을 건넸다. 그러나 힐끗 쳐다보기만 할 뿐 아무 대꾸가 없었다.

"담배 한 대 피우구 좀 쉬었다 가시지요."

그제야 리어카 손잡이를 놓고 담배 한 개비를 받아 쥐었다. 라이터 불을 들이댈 때 외양간 냄새가 풍겼다. 헝겊으로 감싼 손은 고릴라 손마냥 상당히 컸다. 머리털이 어깨를 덮었고 인중 아래가 온통 수염투성이였다.

뜬금없이 수만 년 전 멸종해 버렸다던 네안데르탈인이 떠오른 것도 참 희한한 일이었다. 현생 인류의 조상인 크로마뇽인이 나타나기 직전까지 유라시아 지역에 널리 분포되어 살았으며, 크로마뇽인보다는 뒤떨어진 지능을 가진 최후의 원시인. 육백만 년 전의 원숭이류가 진화해서 오스트랄로피테쿠스 아프리카누스로, 이어 호모 하빌리스로, 거기서 다시 호모 에렉투스를 거쳐 호모 사피엔스의 한 곁가지로 나타났다가 빙하기를 거치면서 멸종해 버린 인류의 머나먼 조상, 진화의 계보상으로 보자면 인간과 침팬지의 중간쯤에 위치한다는 네안데르탈인.

자세히 관찰해 보니 내 상상이 전혀 황당하지만은 않았다. 돌도끼나 돌칼을 쥐고 휘두르기에 안성맞춤인 억세고 큰 손, 유난히 앞으로 튀어나온 눈썹 부위와 움푹 들어간 눈, 짧은 하반신과 축 늘어뜨려진 팔. 내 앞에 버티고 선 사람은 영락없는 원시 수렵인의 풍모였다.

사내의 눈과 코에서는 진물이 흐르고 있었다. 게다가 생전 양치질을 안 한 듯한 싯누런 이빨. 서산대사가 지었다는 《선가귀감(禪家龜鑑)》의 한 구절이 저절로 떠올랐다.

　우습구나 이 몸뚱이
　아홉 개의 구멍에선 늘 더러운 물이 줄줄 흐르고
　온갖 종기가 한 조각 엷은 가죽에 싸였구나
　가죽 주머니엔 오물이 하나 가득
　피고름조차 뭉쳐 있구나
　우리 몸뚱이란

냄새 나고 더럽고 하찮은 것
탐내고 아낄 게 아니로다

 일테면 그 사내가 깨끗한 복장을 한 미모의 여인이었더라면 '아홉 개의 구멍에서 오물을 줄줄 흘리는 존재' 따위의 망측한 느낌은 도저히 떠올릴 수 없었으리라. 만약 계곡에서 배가 고파 물고기를 잡아먹고 올라온 원효더러, 네가 눈 똥은 내 고기 살이로다 하고 설파한 그 누구던가 하는 대선사였다면 제아무리 멋들어진 복장으로 감싼 미인이었다 하더라도 그 육신에서 능히 '아홉 개의 구멍에서 오물을 흘리는 존재'를 꿰뚫어보고도 남았으리라. 본질을 투시하는 능력을 내 어찌 감히 부처의 경지에 올랐다던 선 지식들의 우주적 상상력과 비교할 수 있으랴.
 "날씨가 쌀쌀하지요? 어떻게 새벽부터 나무를 다 해 오시네요."
 "캬?"
 그러고는 그뿐이었다. 실인즉 '햐'인지 '캬'인지 또는 급박한 호흡이 터뜨려 내는 무의미한 입 벌림인지 얼른 구별해 내기 힘든 괴상한 우물거림이었다.

"모주골서 오시는가요?"

"ㅍ ㅍ ㄹ ㄹ…… 먀."

"어디까지 갔다 오시는 길이지요?"

"꾸루룩…… 프하."

이어 사내는 '어휴 써 담배담대담배'인지, 아니면 '어이 씨 냄비냄비냄비'인지, 아니면 '어휴 추워 나물나물나물'인지, 아무튼 도무지 해독하기 힘든 해괴망측한 발음을 재빠르게 쏟아냈다.

행색이 대단히 독창적이었다. 전에 얼핏 곰을 떠올린 건 사내 몸에 걸친 옷 때문일 터였다. 저고리든 바지든 닥치는 대로 껴입어서 그렇지 실제로는 그리 대단한 거한은 아니었다. 목에는 색색가지 헝겊과 비닐을 말아 꾠 끈이 늘어뜨려져 있었는데, 끈 중간중간에 매달린 것들이 볼 만했다. 나무 꼬챙이로 손수 만든 꼬질꼬질한 담배 파이프, 삼백 원짜리 라이터, 비닐 꽁초 쌈지, 구멍 뚫린 반피장갑(反皮掌匣), 철사 뭉치, 꼬깃꼬깃 접은 라면 종이 껍데기, 기역자로 우그린 젓가락 꼬챙이, 노란 플라스틱 물컵. 달아난 구두끈은 헝겊 조각이 대신하고 있었다.

 바지든 저고리든 주머니란 주머니마다 소장품으로 불룩했는데, 바지 뒷주머니에서 삐죽하니 두 개의 꽁지를 내밀고 있는 빨간 그것은 굵은 철사 나부랭이를 끊을 때 사용하려고 지니고 다니는 펜치 손잡이 부분 같았다. 그리고 서너 살짜리 어린애들이나 쓰고 다닐 만한 알록달록한 그 고깔 털모자. 모자에는 손바닥만 한 털양말 쪼가리를 겹쳐 귀마개를 달아놓았는데, 험한 일을 하다 보면 실이 자주 끊어지니까 아예 굵은 사료 포대 실로 스티치를 해 박은 그 포복절도할 솜씨라니.

 지혜롭기 짝이 없게도 귀마개가 요동치지 못하도록 등산화 끈으로 양쪽 끝을 붙들어 매놓고 있었다. 당연히 아래턱을 통과해야 할 그 끈은 콧잔등 위에서 출렁거리고 있었다. 그 털렁거리는 양말 쪼가리가 껌껌한 데서는 덩치 큰 짐승의 손바닥만 한 귀로 둔갑해 보일 만도 했다.

 대단히 복장 편한 사나이로구나. 자신이 필요로 하는 걸 저렇게 모두 한꺼번에 매달고 다니다니. 좀 구질구질하기는 하지만 그래도 인생의 여행 차림치고는 대단히 홀가분한 차림이구나.

사내는 리어카를 떠나 길섶에서 바지춤을 끌어내렸다. 얼마나 많이도 껴입었던지 그 단순한 몸놀림에 꽤나 시간이 잡아먹혔다. 바지가 여러 벌이니 허리띠도 여러 개를 풀어야 했고, 속에 껴입은 여러 겹의 바지 무게 때문에 맨 바깥에 입은 바지의 허리띠는 무릎과 배꼽의 중간쯤에 걸려 있었다.

어이 씨…… 파람파람파람…… 으바바바 씨…… 사내는 치를 떨어대며 한참 동안 뒤치다꺼리를 했다.

"담배 한 대 더 태우시지요."

"야?"

그것으로 그뿐. 내가 채 담뱃갑을 꺼내기도 전에 그는 리어카를 끌고 가버렸다. 뒤에서 바라보니 바지의 허리띠가 엉덩이 아래로 축 쳐져 있었다. 바지를 입고 있다기보다는 차라리 질질 끌고 가고 있는 느낌이었다.

멀어져가는 그 모습을 바라보고 섰자니 자연히 떠오르는 얼굴이 있었다. 한 많은 세상을 제명대로 못 살다가 눈 부릅뜬 채 요절해 버린 둘째형님…… 병들어 죽기 직전까지 그도 저토록 겹겹이 껴입고 다녔고, 저 사내처럼 눈은 묘한 광기로 반들거렸다.

그런 뒤 어느 날 오후 해질 무렵이었던가. 방에서 책을 읽다 살풋 잠이 들었는가 했는데, 뒤뜰 쪽에서 난 몹시 억눌린 비명 소리에 잠에서 깨어났다. 세숫대야인지 물동이인지가 호되게 나동그라지며 울부짖는 소리. 그리고 누군가를 퍽퍽 내지르는 소리.

뒤뜰로 나가 보니 며칠 전의 그 네안데르탈인이 웬 늙은 여자를 걸터앉고 주먹질을 해대고 있었다. 무릎까지 내려오는 그 긴 팔로, 별다른 테크닉 없이 원시적으로 마구 내지르는 그 모습이 영락없이 고릴라를 연상시켰는데, 당하는 쪽이나 내지르는 쪽이나 짐승스럽기는 어슷비슷했다. 뒷방 양반 눈에서는 불똥이 번쩍번쩍 튕겨 났건만 노파는 다만 으르렁거리기만 할 뿐 도망치거나 덤벼들 엄두는 못 낸 채, 아무튼 아무 미련도 없이 줄곧 당하고만 있었다.

다가가 말리니 이 외양간 사내는 신통하게도 이내 눈초리를 누그러뜨리며 매질을 멈추었다.

"어이 씨, 저 카가가가, 카, 가이나가…… 뭣이 군지영 거이고…… 씨."

연이어 사내 입에서는 분명히 의사는 들어 있으나 들

는 사람으로서는 도무지 헤아릴 길 없는 괴상한 발음이 새어 나왔는데, 그래도 그 순간 나는 귀가 번쩍 뜨이는 기분이었다. 저 가시내가 뭐라고 구시렁거렸기 때문에 주먹질을 했다는…… 제스처나 말투로나 방금 전의 그 구시렁거림만은 알아들을 수 있었다. 오호라, 전혀 한마디도 못 하는 위인인 줄 알았더니 때로는 저렇게 의사 표시를 분명히 할 때도 다 있구나.

사내는 낫을 쥐더니 슬그머니 사라져버렸다.

그런데 이상한 건 그렇게 심한 매를 맞던 여자의 반응이었다. 금세 엉덩이를 털더니,

"힛, 지미 씨부랄."

그리고 그 이빨 빠진 입으로 호물랑 웃고는 자기 키보다 한 뼘은 키가 큰 잡종 도사견을 끌어안고 장난을 치기 시작하는 게 아닌가. 어쨌든 낮에 보니 조금도 무서운 모습이 아닌데 어째서 귀신으로 착각했던지, 돌이켜 보니 참으로 어이없는 일이 아닐 수 없었다.

그 며칠 전 새벽에 한기 때문에 잠을 깬 적이 있었다. 간밤에 안주인이 어련히 알아서 아궁이 불을 땠으련만 이상하게도 윗목 아랫목 할 것 없이 방바닥은 전체적으

로 미지근해 오고 있었다. 창호지를 댄 여닫이 방문으로 새어드는 외기 때문에 어깻죽지가 시려왔다.

이불로 몸을 감아보았지만 집주인네 이불이 짧아 발목 아래가 시려웠다. 이불 길이에 키를 맞추려다 보면 들뜬 이불 틈서리로 찬 기운이 비집고 들었다. 나중에는 턱까지 덜덜거리며 마주쳐야 할 판이었다. 아궁이에 장작이라도 좀 넣어야지, 넣어야지 하면서도 막상 몸을 일으키지 못하고 뒹굴었다. 이러다 감기 몸살이 들겠구나 싶은 생각이 들어 이윽고는 몸을 일으켰다.

주인 내외가 잠이라도 깰까 보아 전깃불을 켜지 않은 채 마루로 나갔다. 부엌문을 여는데 매운 연기가 쏟아져 나왔다. 언뜻 지나간 느낌으로는 불이 난 걸까 싶었다. 부엌문 너머 어두운 공간으로 내려서서 상황을 파악하려고 애를 썼으나 연기 때문에 뭐가 뭔지 알 수 없었다. 이 깜깜한 시각에 설마 누가 부엌에 있으랴 싶었던 나는 깜짝 놀라 부엌 밖으로 몸을 도로 빼냈다. 쇠죽솥 앞에서 엉금엉금 기어다니는 괴상한 물체와 맞닥뜨린 것이다. 시꺼멓고 무슨 괴물 같은 것이(그렇다, 그 이상의 표현이 없겠다) 부엌 바닥을 기어다니고 있었다.

아닌가? 내가 잘못 본 걸까? 부엌 뒷문으로 매캐하고 자욱한 연기가 빠져나가고 있고 수증기 같은 것이 내 얼굴 앞으로 몰려나오고 있어서 얼른 상황을 판단하기 어려웠다. 내 입에서는 엉겁결에 무어라고 짤막한 비명이 터져 나왔음 직도 하다. 하여튼 내 눈앞에 어른거린 그것은 동물류임에는 틀림없었다.

마루로 뛰어오른 나는 방문 앞에 매달아둔 랜턴을 찾아 들고 부엌 안을 비췄는데, 잘못 본 것이 아니라면 그것은 사람의 탈을 쓴 귀신임이 분명했다. 산발한 머리숱, 쪼그라들 대로 쪼그라든 얼굴, 호물랑하게 쭉 빠진 하관, 그리고 무엇보다도 위협적으로 빛나는 음산한 눈초리, 그런데 이상한 건 이 늙은이 탈을 쓴 귀신이 상체를 벌떡 세운 채 무릎으로 걸어다니고 있는 게 아닌가.

"누, 누구요? 뭐, 뭐요?"

그리고 쇠죽솥 너머로 떨리는 손을 뻗어 부엌 불을 켜고 나서야 사정을 알아차릴 수 있었다.

그건 몸피가 작고 꾀죄죄한 노파였다. 노파는 연기가 몰려 나가는 부엌 뒷문을 통해 뒷마당에 쌓아둔 장작을 날라오고, 외양간으로 들어가 썰어놓은 옥수수를 함지박에 담아와 쇠죽솥에다 쏟아 붓고 하는 일들을, 신기하게도 종아리를 꺾어 무릎걸음으로 해내고 있었던 것이다.

대체 이 집안에는 모를 일이 왜 이리도 많은가. 집주인 몸이 저 지경이라 여주인 혼자로는 일손이 달리니까 동네 늙은이를 데려다가 쇠죽을 끓이누나. 그렇다면 왜 한 지붕 밑에 살고 있는 사람한테 미리 귀띔을 좀 해주지 않았을까?

"불을 켜지그래요."

나는 쇠죽솥 너머 통나무 기둥에 매달린 전기 스위치를 가리켜 보였다. 노파의 눈초리가 좁혀졌는데, 웃고 있는지 울고 있는지 아무튼 그 눈에서는 진물인지 눈물인지가 흐르고 있었다.

아궁이 앞에 장작개비를 깔고 앉아 불을 넣기 시작했다. 한참 만에 노파가 장작을 한 아름 안고 무릎걸음으로 다가왔다. 때마침 살찐 암코양이가 휘익 스치며 아궁이 위로 날았는데, 여인이 작대기로 후려치는 시늉을 하자 고양이는 지금 한창 활활 불타고 있는 아궁이 속으로 뛰어들었다. 그러고는 영영 나오지도 않고 그뿐이었다.

"아니, 이보세요. 고양이가 타 죽겠는데. 이걸 어쩌나."

내 하소연은 들은 둥 만 둥 노파는 아궁이 속으로 연방 연방 장작을 우겨넣었다.

"이봐요, 이러다 고양일 죽이겠어요. 불 그만 넣어야겠는데요."

"요놈이…… 나가라 나가!"

노파의 인중이며 광대뼈는 검댕투성이였다.

"정말 고양일 죽이겠어요."

"죽어라 죽어!"

"이리 좀 나와보시오."

그래도 들은 체 만 체였다. 불이 잘 붙고 있는데도 꾸역꾸역 장작을 밀어 넣었다.

"죽어라! 죽어라 죽어 요놈아!"

"이리 줘요. 이 방은 내가 땔 테니까 저쪽이나 때요."

장작개비를 뺏고 나서야 여인은 콧물을 훔치며 물러났다.

아궁이로 뛰어들었던 그 암코양이를 다시 보게 된 건 그날 저녁 무렵이다. 하도 자주 아궁이를 들랑거리니까 그 집 고양이 두 마리 다 콧잔등과 눈 주위가 시커멓고 몸뚱이 털이 우중충했다.

노파가 왜 하필이면 멀쩡한 두 발을 두고 무릎을 써서 기어다니듯이 일을 하고 있는지를 알게 된 건 시간이 좀 지나 집안의 일상생활 풍경에 익숙해져서다. 무릎을 꿇은 자세로 나무를 쪼개곤 하는 양을, 낮에 닭장 앞에 쪼그리고 앉아 한참을 관찰한 뒤에야 그 이유를 알 수 있었다.

 장작을 쪼갤 때는 옆으로 눕힌 통나무 받침대 위에다 장작을 곧추세우고 내려치는데, 장작의 높이에다 자신의 키를 맞추어야 연장을 내려치기가 훨씬 수월하게 되고, 가로놓인 통나무 높이에다 장작 높이를 보탠 그 높이는 여인이 무릎을 꿇었을 때의 키와 가장 근접하게 되어 있었다. 그러다 보니 곁에 쌓아놓은 나무 둥치를 끌어오고, 쪼개놓은 장작을 한쪽으로 옮겨다 쌓고 하는 일들을, 일일이 무릎을 폈다 오그렸다 하기가 번거로우니까 아예 무릎걸음으로 해치우곤 하는 거였다. 그날 새벽 부엌에서도 삭정이를 자르느라고 낫을 사용한 흔적이 보였는데, 어떻든 그러다 보니 그 여인의 바지 무릎께는 헝겊이 찢어져 솜이 비어져 나와 있기 일쑤였다. 그러고 보니 그 여인의 남편도 장작을 팰 때는 종아리를 꺾어 땅바닥에다 붙인 채 무릎걸음으로 일을 하고 있었다.
 ―바지를 말이우, 일 년에 열두 번도 더 사다 줬지 뭐겠소. 바지란 바지는 마카 무르팍이 떨어져서 몬 쓰게 된다니까. 낮에 일하는 거 보셨잖우? 멀쩡한 발은 엇따가 팔아먹구설랑, 이건 뭐 강아지도 아니고 무르팍으로 기어 댕김서 일을 한다 그 말이오. 귓구멍이 먹었는지, 아무리 그러지 말라고 타일러도 씨가 안 멕혀요. 원, 누가 금슬 좋은 부부라 안 그럴까 봐 부부가 다 그 모냥이라니깐.
 주인 박씨의 푸념이 그런 거였다.

 그 집에 뒷방이 하나 있으며, 거기에 사람이 들어와 살고 있다는 걸 알게 된 건 그날 아침 밥상머리에서다. 이른 새벽 부엌에 들어와서 쇠죽을 쑤어주고 가는 사람이 있나 보던데 그게 누구냐고 운을 뗐더니, 주인 부부는 서로 눈을 맞추며 한동안 대답을 못하고 우물거렸다.
 주인 박씨 입에서 바른 대답이 나온 건 안주인이 숭늉을 가지러 부엌으로 나간 사이였다.
 "선상님께 여직 말씀을 몬 드렸어요. 거른방 서울 손

님한테 제발 눈에 띄지 말거라 신신당부했건마는 기어이. 허허잇 거 참."

"새벽인데 한기가 들어서 잠이 깼지 뭡니까. 아궁이에 불을 좀 넣을까 하고 부엌으로 들어갔더니 웬 할머니가……."

"저런 저런! 추워서 깨셨구만. 그러믄 선상님 손수 불을 때셨단 말이우? 시상에 이럴 수가 있나."

"그깟 장작 때는 거야 어려운가요. 아무나 하면 어때요."

"장작을 넉넉히 넣으라 했는데. 이런 실례가 있나. 하이구, 저런 멍충이가! 그 사람 우리 헹수라요. 사람이 고만 이상하게 돼갖고선."

"아니, 그게 무슨 얘기지요? 그럼 형님이 계시단 말입니까?"

"며칠 전에 보시잖았수? 왜, 거, 오양간에서 소 돌보는 양반. 그 양반이 내 바로 우에 형님이라오. 한 집에 살고 있지요. 쇠죽 쑤던 여자가 바로 그 양반 마누라지요."

"그럼 방이 또 있단 말인가요?"

"야. 조오기 닭장 앞에 뒷방이 한 칸 있지요. 두 사람

다 정상이 아니라요. 낯선 사람 보면 겁을 먹곤 해서. 선상님이 와 기시는 동안에는 아예 싹 없는 듯이 지내거라 신신당부했는데 고만에."

"두 사람 다 병자란 말이지요."

"병은 없어요. 태어날 때부터 뭐이 잘못돼갖고 지능이 낮은 거뿐이지요. 당최 말귀를 몬 알아먹구 말이오. 장개 안 보내준다고 하도 땡깡을 치구설랑 볶아싸서 결혼은 시켜놨지만 넘에 집 머슴으로 보내자니 어데 받아줄 데가 있나. 오갈 데 없고 거둬줄 사람이 없으니 한 집안에 그냥 데리고 있지요."

박씨는 띄엄띄엄 어렵사리 털어놓고 있었는데, 더 이상 얘기하기를 꺼리는 눈치이기도 했다.

"기어이 보셨구나. 그르니 말이재, 장작을 너무 넣어싸서 싫은 소리 한마디 했더이마는 말귀를 몬 알아먹구설랑. 불 좀 때라 시케놓으면 장판이 새까맣게 눌도록 넣어버리잖나. 방이 식었으이 밤새 얼마나 고상하셨을꼬."

안주인은 그 솥뚜껑 같은 손으로 얼굴을 가리고는 쩔쩔매며 웃어댔다.

애초에 뒷방에 사람이 들었다고 미리 귀띔을 않은 이

유를 알 만도 했다. 한편 왜 뒷방 사람들이 그때껏 내 눈에 잘 띄지 않았는지도……. 그랬더라면 제 발로 찾아들어온 손님을 놓치게 될지도 모른다고 판단했으리라. 아예 건넌방 사람 눈에 띄지 말라고 미리 교육을 단단히 시켜놓았으리라.

주인 박씨의 형님은 외양간이 그의 주(主) 직장인 셈이었다. 틈만 나면 서울 손님 몰래 나무를 하러 멀리로 나가버리니 마주칠 기회가 없었던 모양이다. 그들 부부는 새벽일이 끝나면 곧바로 방으로 들어가 해 떨어지기 전까지 푹 자고 저녁나절에야 잠시 방을 나와 잔일을 끝내면 또 금세 방으로 숨어버리곤 했다는 사실을 알기까지는 꽤나 시일이 걸렸다.

3

 안주인의 본격적인 남편 수발은 아침 밥상에서부터 시작된다.
 식사 전에 남편 팔에다 숟가락을 달아주는 과정은 곁에서 지켜보는 것만으로도 경이롭다. 손가락이 없는 병자를 위해 특수하게 고안된 숟가락이 있다. 숟가락총을 조금 잘라내고 그 끝에나 네모잡이 성냥갑 크기만 한 납덩이를 납땜해 놓았다. 먼저 몽당 팔에다 원통형의 가죽으로 된 씌우개를 씌우고 가죽끈으로 졸라맨다. 가죽 씌우개 끝에는 납덩이 두께에 맞게 옴폭한 홈이 파여 있다. 숟가락에 붙은 납덩이를, 요철(凹凸)을 맞추는 식으로 가죽 씌우개의 홈에다 끼워 넣게 되어 있다. 숟가락

총에 붙은 그것이 딴 금속이 아니고 굳이 납덩이여야 하는지는 금세 이해가 간다. 납이 가진 약간의 신축성 때문일 텐데, 그래야만 가죽 홈이 상처를 입지 않고 또 가죽 씌우개의 철부(凸部)가 납덩이를 움직이지 않게 꽉 물고 있기가 유리할 것이리라.

젓가락을 사용해야 할 경우에는 그의 아내가 반찬을 집어서 남편 숟가락에다 올려놔 준다. 나물 같은 걸 숟갈로 떠먹다 보면 여기저기 묻혀 그릇 주위가 지저분해지거나 바닥에 흘리는 일이 잦아진다. 그러다 보니 반찬에다 숟가락을 가져다 대는 횟수를 줄이는 수밖에 없다. 국이나 된장 찌개 같은 숟갈로 떠먹을 수 있는 음식에 주로 숟갈을 가져가기가 버릇되어 있다. 김치는 아예 숟갈 가져다 대기를 싫어하고 생선, 육류가 밥상에 오르는 날이면 여느 때보다 식사를 조금 낮게 하는 식성이다.

가죽 씌우개는 찌들어서 고르게 눋지 못한 누룽지마냥 얼룩덜룩 꾀죄죄하다. 처음에 나는 땟국으로 얼룩진 이 가죽 씌우개 때문에 밥맛이 썩 개운치 않았으나 하루이틀 지나면서 차츰 익숙해졌다. 시일이 더 지나면서는 가죽 씌우개를 끼워주고 반찬을 집어다 그의 숟가락에 올려놔 준다든지 숭늉 그릇을 그의 입에다 갖다 대준다든지 하는 따위의 안주인이 해주던 역할을 내가 대신해 주게 되었다.

박씨는 아침 식사를 제대로 하는 일이 드물다. 번번이 술 때문이다.

"빈속인데 괜찮겠어요? 식사나 좀 하고 드시지요."

"에이, 괜찮아요. 고깟 뒤 잔 갖고선 뭘. 한 잔 받아요, 얼릉."

건강한 사람이라면 또 모를까. 몸이 저 모양인데 식사를 거른 채 들이켜는 강술이 얼마나 몸에 나쁠는지. 번번이 술병을 뺏다시피 해서 방 한구석으로 밀어버리곤 하는 나였다. 자기 아내 말은 마이동풍이고 그래도 내 말은 비교적 좀 듣는 편이었다.

그는 시도 때도 없이 소주를 마셔대는 사람이었다. 새벽에 산책을 하고 돌아오면 이미 그 이른 시각에 술 냄새를 풍기곤 했다. 아침상을 받으면 식사는 뒷전이고 대병짜리 소주병부터 끌어당기기 예사였고, 훤한 대낮에도 이웃이 찾아오면 으레껏 술병을 꺼내오곤 했다. 날이 어두워지면 술잔을 손에 드는 횟수가 많아져 안주인이 이부자리를 돌봐주기도 전에 취해서 아무 데나 구겨박혀 잠들게 마련이었다. 아무리 일거리 없는 시골의 겨울이라지만 때를 가리지 않고 술을 입에 대는 버릇을 처음에는 이해할 수 없었다.

"요거 한 잔만 하시고 저녁 무렵에나 마시지요."

"해장이 을마나 좋은 건데. 한 잔 받고 얼릉 잔 달라니깐. 어허, 얼릉 들어요."

"전 고만두겠어요. 이따 저녁에나 한잔하십시다."

그러면 그의 아내는,

"거 봐. 저러케 밥을 한 술도 안 뜨고 되우 술만 마실라니 속이 남아나겠. 천날만날 속 아프다고 그래쌓지 말고 선상님 기실 동안이라도 술 좀 대강 마시라 마. 하이고, 어제 한 병 사다 놓은 거 벌써 다 마셨네. 선상님이 숭보겠다이."

"술꾼이 술 마시는 거 숭보면 안 되지요. 딱 한 잔만 더 따라봐, 얼릉. 아, 그런다고 내가 못 마셔? 에익, 아예 물고뿌 하나 가주와."

"빨리 죽을라캄 뭔 짓을 못할꼬."

"어허, 빨리 인나서 물고뿌 가주오라니까. 얼릉."

종종 그렇게 떼를 쓰는 박씨도 전날 너무 심하게 마셔서 영 속을 버려놓았을 때는 용케 술을 참기도 한다. 그런 날이면 신음 소리도 옳게 못 내고 윗목에 널브러져 있다가 해가 질 무렵에야 간신히 거둥하게 된다.
 ―이봐요 거른방! 거른방! 이 방으로 건너와요. 여어 와서 소주 한잔해요.
 주인 박씨가 안방 문턱 너머로 고개를 내밀고 소리를 쳐대는 건 심심함을 견디다 못해 말동무가 그리울 때다. 그 방으로 건너가 보면 대개는 껌껌한 방 한구석에서 안주도 없이 물 한 잔 따라놓고 강소주를 마시고 있다.
 그의 아내나 내가 술을 말리는 건 우선 무엇보다도 건강 때문이다. 보통 사람에 비해 활동량이 적으니 식사량이 형편없을 수밖에 없는데, 술을 입에 대게 되면 그 보잘것없는 양의 식사마저 생략해 버리는 것이다. 한편 그는 취하게 되면 목소리가 커지는 사람이다. 집안의 가축이나 뒷방 사람들한테 예사로이 벅벅 소리를 질러대므로 낮에 책을 읽거나 눈이라도 좀 붙일라치면 영 재미없게 되는 것이다.
 물론 그가 소리를 지르기 버릇된 까닭을 이해하지 못

할 바는 아니다. 안주인은 농협이니 면사무소니 어디나 나다니며 남자가 할 일까지 처리해야 하니 집안에 붙어 있을 시간이 많지 않다. 안주인 없을 때의 집안은 적막강산이다. 대문 밖 차도로 자동차 왕래가 끊긴 겨울철인 데다 집이 외져 내방객이 흔치 않으니, 거동이 불편한 병자로서는 심심하고 외롭기 짝이 없다. 눈이 많이 오는 철이라 이웃 나들이를 가고 싶어도 수월치 않다. 자칫 잘못하다가는 눈길에 미끄러져 언덕배기 같은 데서 굴러떨어지기 십상이다.

서울서 왔다는 건넌방 손님도 매양 방안에 틀어박혀 지내거나 차를 몰고 횅하니 나가버리곤 하니 말동무할 사람이 없다. 건넌방 손님이 책을 읽고 있음을 뻔히 알고 있는데도 소리를 벅벅 질러댈 때는 대개 술기운이 올라 얼굴이 벌겋게 달아올라 있을 때다. 소리라도 질러야 사는 맛이 좀 나는 것이다.

그가 방문을 활짝 열어놓은 채 대문 바깥을 한정 없이 내다보기 버릇된 것도 적적함 때문이리라. 훤한 대낮에 두 몽당 팔 사이에다 볼펜을 끼우고 이집 저집 전화 다이얼을 돌려, 고스톱을 치러 올라오라고 성화를 해대곤 하는 것도 그런 까닭에서다. 이 집은 그에게 안식처이기도 한 한편으로 갑갑함을 달랠 길 없는 감옥이기도 하다.

그렇게 한정 없이 줄곧 바깥만 내다보고 앉았을 때, 대문 밖으로 트럭이 멈추는 소리라도 들리게 되면 그의 귓바퀴는 돌연 긴장으로 곤두서고, 그리고 그 흙빛으로 충충하게 죽어 있던 얼굴에 피어나는 생기라니. 그런 때면 종종 문지방 너머의 세계를 향해 호기심을 쏘아보내던 어머니 모습이 떠오르는 건 내겐 어쩔 수 없는 일이었다. 박씨에게나 내 어머니에게나 하느님은 신체적 고통이란 것 말고도 고독감이란 형벌을 추가로 덧보태준 것이리라.

아마 좀 배운 사람이었다면 책을 읽는다든지 명상이나 기도로 고적감을 물리칠 수 있으리라는 생각도 든다. 그러나 그런 등등은 이 사람한텐 과분한 주문일지도 모른다. 종일 지내봐야 인적 드물고, 전깃불이 없어 밤이 되면 깜깜 천지가 되어버리는 이런 오지에서 화전을 일구며 살아온 사람한테 독서니 명상이 당키나 한 얘기일까. 소녀들의 분홍빛 고독 같은 것과는 차원이 다른 이 고독은 참으로 하늘이 내린 형벌에 가까운 것이라는 생각이

든다. 그것이 저주일 수밖에 없는 건 그가 그 고독을 깊은 산속의 맹수보다 더 두려워하기 때문이다. 그가 뒷방 사람들한테 사정없이 퍼부을 때 보면 그 고독감이 얼마나 사람을 해치는 것인지 알 수 있다. 그럴 땐 거의 발악에 가깝게 퍼붓는 것이다.

—나와봐! 왜 안 나와! 귓구멍이 먹었사? 저어 저 장독간 해놓은 꼬락서이 좀 보란 말이야. 마누라는 엇따가 팔아먹었사? 헛허, 이 오줄없는 인간이 저 장독간 해놓은 것 좀 보세. 온 집안을 쓰레기장으로 맹글 참이야? 얼릉 나와서 저어 저거 마카 치우라고. 원, 돼지마냥 처먹는 것만 알았지 치울 줄을 몰라.

뒷방 사람들이 나타나기라도 할 양이면 그의 눈에서는 연방 불똥이 튄다. 애써 쪼개서 가지런히 개집 옆에다 쌓아놓은 삭정이 다발을 밀어뜨리고 물동이든 개똥 바께쓰든 닥치는 대로 패대기쳐 버리기 예사다. 그럴 때 만약 누군가가 이 집을 처음 들어서서 그 광경을 보게 된다면, 당하는 자들이 그 누구도 아닌 그의 형님 내외며, 형님이 어째서 동생한테 저렇게 쩔쩔매며 야단을 맞고 있는지를 금세 이해할 수 있는 사람은 아무도 없으리라.

주인 박씨의 그런 고독한 모습 위로 중고등학교 시절의 삽화가 겹쳐진다.

학교 수업을 마치고 돌아오면 우리 형제들에겐 심부름거리와 밥 지을 일이 기다리고 있다. 몸이 좀 풀리는 날엔 어머니 손수 부엌일을 하기도 하지만 대개는 자식들 몫이다. 십 수 년 앓아온 관절염으로 말미암아 다리를 제대로 못 놀리는 어머니가 좁은 부엌에서 일을 하느라 꾸무적거리는 건 보는 사람이 더 답답하다. 그 즈음 우리는 P시 외곽 산꼭대기의 판잣집 단칸방에서 대여섯 식구가 우글거리며 모여 살았다.

―산에 가서 나무 쪼가리 주워 와서 연탄불 피워라.

―보리쌀 씻어 삶아라.

―쌀집에 가서 콩 한 되 외상 얻어 오너라.

―장에 내려가서 소금하고 간장 사오너라.

―연탄 두 장 외상 얻어 오너라.

―물지게 지고 물 길어 오너라.

방문턱을 차지하고 앉아 자식들한테 일일이 잔심부름을 시키는 일이 어머니의 일과였다. 어머니로선 꼭 필요한 일일 테지만 자식들에겐 귀찮기만 한 잔소리로 들린다. 둘째형님은 화병에다 황달로 몸이 퉁퉁 붓고 정신마저 오락가락하여 집안일에는 나 몰라라 하니 두 남동생과 내가 대개 잔소리의 피해자다.

귀찮게 구는 어머니한테 자식들은 일일이 말대꾸다.

―좀! 좀! 그 입 좀 다물어요.

―고만 좀 시켜요! 난 그런 거 안 해!

그러니 어머니 입에서는 말말이 푸념이요, 술 한잔 걸치게 되면 터져 나오느니 한숨이고 신세 타령이다.

―오오냐 이놈들아. 니놈들은 맨날 그렇게 몸이 성할 줄만 아느냐? 느덜도 좀 아파봐야 이 어미 심정을 알 것이다. 하이구 내 신세야. 우짜다가 내가 요 모양 요 꼴이 됐을꼬.

어머니 마음은 오죽하랴만 그러나 철부지 망나니들은 그런 것들을 헤아리지 못한다. 떡 한 조각만 생겨도 자신을 쫄쫄 굶으며 치마폭에 감추었다가 막내 입에다 넣어주는…….

아직 어린 자식들과 병든 아내, 그리고 등골이 휘어지게 등짐을 짊어진 늙은 아버지, 그 탈출구 없는 감옥이 내게 선사한 건 정신분열증과 신경질, 타락으로의 폭주

심리였다. 방랑이 시작된 건 고등학교를 채 다 마치기도 전이었다. 번번이 집을 뛰쳐나와 한뎃잠 자기 일쑤였고, 집엔 아예 발을 들여놓기가 싫어지고, 고등학교라도 졸업해서 약간의 경제적인 능력이 생겼을 때쯤엔 이미 집을 떠난 존재로 떠돌게 된다.

둘째형님과 어머니의 병세는 나날이 깊어만 가고, 집안은 점점 더 깊은 수렁 속으로 빠져들어 가는데…… 영양 실조로 메말라가던 누런 태양. 영양 실조로 죽어가던 황갈색 바다. 자살만을 꿈꾸며…… 경찰서 미결 감방에서 며칠 썩고 돌아온 어느 날, 열 살도 더 터울이 지는 내가 집어던진 장 단지에 머리를 얻어맞아 수건을 동여맨 둘째형님의 피 묻어 딱정이 진 머리카락. 이윽고 광기를 못 이긴 어느 날 어머니에게 폭력을 행사하는 불상사를 저지르고야 만다.

집을 나가 떠돌이로 생활하던 셋째 형이 이 소식을 듣고 달려와 나를 불러다 앉히고는 뺨을 후려갈기던 그림이 이 나이까지도 생생하게 남아 있다. 코를 싸쥐며 나가 떨어지던…… 니스 칠이 된 고동색 장롱에 번지던 코피.

―부모를 버리고 동생들을 버린 너는 이놈아 패륜아다.

둘째형님의 시신이 어느 산골짜기에 묻혔는지 아직까지도 나는 모른다. 다만 아버지가 시신을 고리짝에 넣어 지게에 지고 나가던 그 겨울, 이른 새벽의 골목길을 울리며 사라져가던 아버지의 고무신 발자국 소리. 고리짝 무게를 못 이겨 부들부들 떨던 아버지의 휜 다리.

그 모든 것들이 결국은 윤회 생사의 긴 과정에 끼여든 한 토막 삽화였으며, 그 삽화의 연장이 나를 비롯한 중생들의 현재 모습임을 이 나이 되어서야 깨닫게 되다니…… 무지요 무명(無名)이로다. 나무관세음.

시도 때도 없이 술을 입에 대는 박씨의 술버릇을 근본적으로 이해하게 되는 건 시일이 더 지나서다.

다리 건너에 사는 우체부 사내가 티브이를 고쳐주러 온 날이었다. 그날은 아침 밥상에서부터 시작한 술이 그예 낮술로 이어졌다. 전날 저녁상에 올랐던 보신탕 국물이 조금 남아 있었던 게 화근이었다. 고기 한 점 없는 멀건 보신탕 국물을 과신하여 점심까지 걸러가며 우체부 사내와 양껏 들이켠 박씨는 금세 취기를 드러냈다. 마당을 쿵쿵 짓찧고 다니며 가축들에게 기분좋게 야단을 치고 다니다가 안방으로 들어가더니 이내 곯아떨어져 버렸다. 나 역시 곁다리로 조금 얻어 마셨기로 방으로 들어가자마자 낮잠이 들었다.

잠에서 깬 건 안방에서 터져나온 비명 소리 때문이었다. 그 소리가 너무 참혹해서 살인 강도라도 든 줄 알았다. 안방 벽이 쿵쿵 울리고 둔기로 방바닥을 내리찍는 소리가 연이었다. 그러다 한동안은 잠잠한가 했는데 또다시 고함 소리가 터져나왔다. 술 취해 뒷방 사람들한테 소리 지를 때와는 무언가가 달랐다. 그 집에 든 이후로 처음 들어보는 소름끼치는 비명이었다.

그 방으로 건너간 나는 어찌할 바를 모르고 허둥거렸다. 도배한 지 얼마 되지도 않은 벽지에 핏자국이 번져 있고, 엎어진 비닐 소주병, 흥건히 적셔진 바짓가랑이. 팔 끄트머리가 피로 범벅이 되어 있는 것으로 보아 그 몽당 팔로 벽이며 방바닥을 힘껏 내리 두들긴 모양이었다.

이 사람은 술 취하면 언제나 이 모양이란 말인가. 왜 이 마을 사람들은 허약하기 짝이 없는 병자한테 술을 강권한단 말인가. 우체부 사내가 원망스러웠다.

"아저씨, 아저씨!"

"엉? 뭐이?"

게슴츠레한 눈으로 올려다보는 병자의 얼굴은 완전히 흙탕물 빛이었다.

"아이, 좀 일어나 보십쇼. 어떻게 된 거예요?"

"야? 아이구."

몇 번이나 흔들어 깨워보았으나 병자는 고개를 도로 떨어뜨렸다. 영 인사불성이었다.

걸레로 방바닥을 훔치고 쓰러진 물병과 재떨이를 한쪽으로 내몬 뒤 병자를 달랑 안아들고 아랫목으로 옮겨다 놓고는 그가 애용하는 대나무 목침을 받쳐주었다.

마루에 나와 앉아 담배 한 대를 채 다 태우기도 전에 또다시 고함이 터져나왔다. 온 사지를 버둥거리며 기운껏 팔을 휘두르고 있었다. 구들장이 꽝꽝거리고 된통 얻어맞은 목침이 단번에 나가떨어졌다.

몸을 걸타고 앉아 사지를 붙들어 누르는 순간 나는 볼을 싸쥐었다. 연속으로 쇠망치 같은 일격이 날아왔는데, 한동안 정신을 못 차리고 웅크려 있어야 했다. 그 짧은 팔 속의 뼈가 얼마나 억세던지, 그건 둔기나 마찬가지였다. 내 코에서 터져나간 피가 사방으로 튀어 벽과 방바닥이 핏자국으로 얼룩졌다.

　나중에는 그 짧고 몽땅한 둔기로 자신의 앞가슴을 내리 두들겨댔다.

　급히 전화기를 잡아당겨 안주인 행방을 수소문했다. 이윽고 담배집에 가 있는 안주인과 전화 연결이 되었다. 화투를 치고 있는지 여자들의 걸판진 웃음소리가 흘러들었다.

　"아저씨 상태가 좋지 않아요. 얼른 집으로 와보셔야겠어요."

　"우리 아저씨가요? 하이구, 이상타. 상태가 안 좋을 기 뭐 있나."

　"하여튼 빨리 좀 와보시지요."

　"또 술 퍼마셨지 뭐를. 내사 몬 산다 몬 살아. 한창 끗발이 오르나 했더니."

　안주인의 전화받는 태도가 도무지 태평이었다.

　전화 건 지가 언젠데 한참 만에야 안주인이 꾸물대며 들어왔다. 안주인 입에서는 뜻밖에도 핀잔이 터져나왔다.

　"그러니 내 뭐라 그랬어. 내 말 안 들으면 벌 받는데이. 에이고, 마카 술 때문이지."

"술도 술이지만 치료라도 해야 하지 않을까요? 여기 근처에 병원은 없지요?"

"병원요? 없어요. 여언 보건소밖에 없는데. 이깟거 갖구 뭐르. 그냥 둬두 돼요. 아이구, 이게 뭐야? 선상님 옷에 웬 피가……."

자조치종을 얘기해 주어도 안주인은 남편 일은 도무지 태평이었다. 거른방 손님이 코피를 흘리고 옷을 버린 것에만 신경을 쓰고 있었다.

"이런 일이 어데 한두 번이라야지. 몸이 아프니까 지 복장을 두들기지요 뭐. 밤에 자다가 고함 지르는 게 한두 번이 아니에요. 선상님 오시고선 술을 조심조심 마시니까 좀 들한다 했더니만. 요새 또 술 마셔 쌓더니 벌 받은 기지 뭐."

"밤에요? 밤에 고함을 지른단 말이지요."

"뼈를 이만큼씩이나 잘라내고 신경을 다 끊어버렸으니 안 아플 수가 있나요. 저 양반이 술을 자꾸 먹어 쌓는 것도 알고 보면 아파서래요. 술을 안 마시면 삭신이 쑤셔서 잠을 못 잔다니깐요. 전엔 진통제를 한 움큼씩 털어넣고야 잠을 잤지요. 자다 아프면 또 한 주먹씩 먹었는데, 진통에 그거 자꾸 먹다가 속이 엉망이 돼서 끊었지요. 낮에도 되우 아프면 술 안 마시고 몬 견딘다고요."

시도 때도 없이 찾아오는 고통을 다스리기 위해, 그토록 시도 때도 없이 술을 마신다?

"사리돈 그것도 약값이 여간찮아요. 그거 한 통 사놔도 며칠 몬 가더라고요. 한두 개 먹어봐야 간에 기별도 안 가니. 다리 자르고 병원 퇴원한 뒤엔 그저 맨날 약으로 살았지요."

안주인은 무척도 덤덤하게 말하고 있었다. 일거수 일투족 병자의 손발이 되어주고, 대소변 다 받아내주고, 그러고도 저렇게 보살 같은 얼굴로 살아 있다…….

그런 일이 있고 난 뒤부터는 집안에 술이 떨어진 기색이면 농협 창고에 가서 대병짜리로 한두 병씩 사다놓고는 했다. 고통을 나눠 가질 형편도 아니면서 이래라 저래라 참견하는 게 얼마나 주제넘은 짓이었던가.

한밤중에 안방으로부터 흘러나오는 신음 소리를 가려 듣게 된 건 그날 이후부터였다. 대개는 그의 아내가 일어나서 입막음을 하지만 때로는 안주인마저 깊이 곯아떨어져 버릴 때가 있었다.

가위 눌린 꿈을 꾸다 깨어나면 박씨의 비명이 끝나고 신음 소리가 이어진다. 사위는 깜깜하고, 고원 지대를 삼킬 듯 설한풍이 몰아치는 한밤중에 들려오는 그 신음 소리에는 귀기가 서려 있다. 안방으로 가볼까 싶기도 하지만 부부가 자는 방이라 함부로 그럴 수도 없는 노릇이다.

"왜 그래 응? 저 방에 들리것데이. 조용히 좀 해라 마. 이불을 왜 차고 그래?"

잠결에 편잔을 놓는 안주인 목소리에는 잠티가 묻어 있다.

"엉? 뭐이? 내가 소리 질렀나?"

"소리가 다 뭐이야. 시끄러워서 잠을 잘 수가 있나."

"술…… 아이구 죽겠다. 아까 소주 남은 거 어데 있나 좀 찾아봐."

"밤에 술은 뭔 술. 고마 자라 마."

"술 달라니까? 얼릉. 술 찾아보라니까. 아이구 죽겠다아."

"거른방 사람 깨것데이. 술 다 마셨잖나."

"한 잔만 주라. 아이구 죽겠네…… 끙."

"조용히 좀 하라니까."

"아이구 아야…… 술…… 끙."

"옛다 실컷 마시라. 죽든지 말든지 내사 모르것다."

이 생을 마감해야만 멈춰질 저 소리. 병자의 신음 소리는 내 어머니의 환영과 어우러져 그 예전 내 지병이던 편두통을 불러일으키곤 한다.

고통에 찬 신음 소리는 어머니의 반평생을 따라다녔다. 때때로 학교에 가서 수업을 하고 있을 때도 신음 소리, 집으로 들어와도 줄곧 신음 소리였다. 그 나이의 다른 여인에 비해 유독 어머니 얼굴에 주름이 많은 것도 육체적 고통 때문이었다. 우리 형제들이 밤에 잠자다가 어머니 아버지가 티격태격하는 소리에 잠을 깰 때가 있었는데, 어머니의 신음 소리가 원인일 때가 많았다.

—제발! 제발 그 아프단 소리 고만 해. 지긋지긋해.

—아이구 아야…… 여보, 그라지 말고 약 좀 지어다줘요……. 아야 아야.

—이 밤에 어디 가서 약을 지어온단 말이야? 고만 자!

—아이구 다리야…… 끙.

—에익! 이 애물단지가 죽지도 않고!

—흥, 당신은 천년만년 살 줄 아요? 사람의 운명이란

거는 모르는 기요. 급살 맞아 죽을 영감! 오호냐, 내 저승 갔다가 칼 물고 원수 갚으로 올 끼잉께 두고 보소. 영감이 인정머리라고는.

그렇게 저주를 퍼붓던 어머니 마음속에 담겨 있던 하늘은 분명히 현생의 하늘이 아니었으리라.

―나를 요 모양 요 꼴로 맹근 기 누구요? 당신은 그래, 맨날 사지 멀쩡히 살아 있을 줄 아능교? 천만에!

―오호, 그래. 다 죽어가는 인간을 겨우겨우 살려놨더니 나한테 앙갚음하는 건가? 병신 된 것도 내 죄라? 예라이!

―아이구 아야…… 아야…… 당신이 언제 약 한 첩 옳게 지어줬능교? 하늘이 다 듣고 있소.

―입 다물지 못해? 이 버러지만도 못한!

―흥, 당신이야말로 죽고 나몬 버러지로 태어날끼잉께 두고 보소. 아이구 아야.

어머니 아버지, 그리고 미쳐버린 둘째형님까지 가세하여 집안에 바람 잘 날이 없던 그 시절, 철없던 내가 무심히 흘려넘겼던 어머니의 그 저주에 찬 말들은 곧 어머니가 이 고통스러운 현실을 부정하고 내세를 간절히 그리

워하고 있었다는 증거가 아니었을까?

어머니의 와병 초기에 집안에 재산이 좀 남아 있던 시절, 사흘들이로 무당을 불러 푸닥거리를 하던 일들. 그러다 어느 날은 별안간 아버지가 들이닥쳐 무당을 내쫓고 굿판을 둘러엎으며 난리를 치던 일들. 벽장에 향불 피워 삼신할매를 모시던 토속 신앙에서 기독교로 개종하여 그 곡조 없는 찬송가며 할렐루야를 군입거리 삼아 입에 달고 다니던 어머니. 오죽 몸이 아프고 답답했으면 이 종교에서 저 종교로, 아무 종교나 맞닥뜨리는 대로 발목을 붙들고 늘어졌을까. 이윽고는 불교, 유교, 기독교를 두루두루 합친 어정쩡한 짬뽕 신앙을 붙안고 저 세상으로 가버린 뒤, 어머니의 무주고혼은 지금 어느 종교의 하늘 밑을 노닐고 있을까?

그토록 구박을 일삼던 아버지였건만 두 눈 부릅뜨고 죽어간 어머니 눈을 감겨줄 때, 연민에 넘쳐 떨리던 그 목소리.

─후여 후여 잡귀들아 물러나거라. 고생 많았다이. 부디부디 편케 가거라.

그래도 처자식 굶기지 않으려고 모질게만 살아온 아버

지 얼굴에서 눈물을 본 것이 그때가 처음이던가.

　둘째형님이 세상을 떠난 건 어머니 장례가 끝난 지 얼마 안 지나서였다.
　밤새 대병짜리 소주병을 갖다놓고 술을 들이켜던 아버지는 날이 밝기도 전에 나를 깨웠다.
　―완아, 변소간 뒤에 가서 괭이하고 삽 가져오이라.
　여느 때도 매섭게 싸늘하던 아버지 눈초리가 그날 새벽따라 유달리 새꼬롬하게 치켜 올라가 있었다.
　―삽은 뭐 하게요?
　―가져오라면 무조건 가져오니라.
　그리고 얼마 뒤 아버지는 대문을 횅하니 나가버렸다. 괭이와 삽을 찾아 들고 오니 아버지는 난데없이 웬 지게를 들여오고 있었다. 아직 닭도 울기 전의 신새벽이었고 바깥에는 쌩하니 매운 겨울 바람이 불고 있었다. 방으로 들어간 아버지는 한참만에야 끙끙거리며 고리짝 하나를 쪽마루로 끌어냈다.
　―아버지, 이게 뭐지요?
　―시끄럽다. 조용하거라. 이웃이 알게 되면 큰일난다.

동생들한테도 절대 입 다물거라. 산에 묻고 오꾸마.

―산에요?

―쉿, 동생들 깨것다. 이것 좀 들어.

아버지와 나는 둘째형님을 우겨넣은 고리짝을 맞잡아 들고 쪽마루에 버텨놓은 지게에 얹었다.

―아버지, 내가 질게요.

―저리 가거라. 쓸데없는 소리 말고.

그러다 번쩍 하고 스쳐간 생각이 있었다.

―아직 명이 완전히 끊어지지가 않았던데요?

―너만 알고 있거라. 오늘내일 오늘내일 하는데, 이래 죽으나 더 고생하다가 죽으나 마찬가지다.

그건 도대체 무슨 뜻일까? 그러나 아버지의 얼굴빛에서 그런 걸 묻지 말라는 단호한 명령을 읽어낸 나였다.

작정이 선 듯 결연히 지게를 지고 나서는 아버지를 말릴 기력도, 용기도 내겐 남아 있지 않았다. 어머니를 장사지낸 지 한 달 남짓, 가족들에겐 이제 두 번째 저승길 배웅이 남아 있었다. 둘째형님은 황달, 간경변, 당뇨, 신장염, 그리고 또 무슨무슨 이름 모를 잡다한 병으로 배가 그야말로 산더미처럼 부어올라 여러 날째 의식 불명으로 누워만 있었다. 명이 끊어지기만을 기다리며 며칠 간 불도 넣지 않은 냉돌방에 팽개쳐두었더니 이불 속을 쥐가 예사로 드나들곤 했었다.

　―완아, 아무한테도 이야기하면 안 된다. 알았제?

　집을 나서기 전에 아버지는 거듭거듭 다짐을 놓았다. 아버지 다리가 심히 떨리고 있었다. 그러고는 이내 새벽 바람이 쌩한 바깥으로 사라져갔다. 아직 사위가 어둑어둑할 무렵이었다.

　잠에서 갓 깨어난 막내가 밤 사이에 형님이 없어졌다고 와앙 하니 울음을 터뜨린 건 아버지가 돌아오기 직전이었다.

　아버지가 시신을 어떻게 처리했는지, 동회에다 사망 신고는 어떤 형식으로 했는지 나로선 알 도리가 없다. 어떻든 아버지의 그 행위란 어머니 장례를 치르느라 돈이 바닥나버린 때문이라 막연히 추측하고 있다. 친척들로부터 둘째형님의 유골 얘기가 나오거나 하면 아버지는 아마도 어물쩍해서 넘겼으리라.

4

"오오이, 인나 봐! 인나 나와보라니까. 왜 안 나와!"

책을 읽다 잠시 졸음에 빠졌는가 했을 때 그런 고함 소리와 함께 벽을 짓찧는 소리가 들려왔다. 나는 귓바퀴를 세우고 담배부터 찾아 더듬거렸다.

"나와보라니까! 얼릉! 저 낭그 좀 바로 세우라니까! 에이, 이거 원 답답해서 어데 살겄나."

곧 이어 방문이 젖혀지며 문턱 너머로 몸을 난짝 내려놓는 소리가 들렸다. 끙끙거리는 소리에 이어 무언가가 나동그라지며 마루를 굴러가는 소리가 들렸는데, 짐작컨대 그가 또 뒤주에서 술병을 꺼내려다 놓쳐버린 것이려니 싶었다.

술 따르는 소리가 나더니 한동안은 잠잠했다. 담배를 피우고 있는지도 모를 일이었다.

가래 끓이는 소리에 이어 박씨는 화급히 몸을 움직여 뒤뜰로 향하는 기색이었다. 예상했던 대로 뒷방 문이 탕탕거리며 울부짖고 있었다.

"왜 안 나오는 거야? 아이, 지금이 몇 신데 자빠져 자고 있사? 나와봐요! 얼릉 나와서 저어 저 사료 포대 마카 날라와. 원 빌어먹을 놈의 식충이가. 마누라는 엇따가 팔아먹었나? 에잇 머저리!"

한참 그렇게 떠들썩하던 끝에 누군가가 구시렁거리며 다리를 질질 끌고 마당으로 나오는 기척이 가까워졌다. 보나마나 외양간 그 양반일 것이다.

"얼릉 좀 치우라고 몇 번이나 그랬사? 저어 저거, 저거, 마카 이쪽으로 날라와요. 담뱃불 조심하고. 아무 데나 내뿌려서 불낼 뻔했던 게 엊그제잖아? 귓구녕이 먹었아? 헛허이, 담뱃불을 함부로 거어다 집어던지면 어떡허우?"

그러더니 이내 주인 목소리가 가라앉고 시멘트 바닥을 쿵쿵 찧으며 대문 밖으로 나가는 기척이었다. 가래 끓이는 소리가 점점 멀어져갔다.

 방을 나오니 주인은 간 곳 없고 뒷방 양반만 보였다. 그는 이미 마당 일은 다 해치운 뒤 외양간으로 들어가 삼태기에다 오물을 퍼담아 담벼락 한 귀퉁이의 퇴비더미에다 쏟아붓고 있었다.

 소를 매어둔 울타리의 사잇문을 밀고 들어가 그에게 말을 붙였다.

 "점심 자셨어요?"

 "야."

 "주무시다 나온 모양이지요?"

 "어유 씨…… 담배담배담배……."

 그리고 그는 그 누더기 같은 손으로 온 주머니를 다 뒤지고 있었다.

 방으로 들어간 나는 여분으로 사다 놓은 담배 두어 갑을 가지고 나왔다.

 "이거 태우시오."

 눈곱과 진물로 얼룩진 그 좁은 눈이 떼꾼 벌어졌다.

 "가져다 피워요."

 그래도 손을 내밀지 않았다. 쥐약이나 바라보듯 하는

눈초리였다. 하여 내가 피우던 담뱃갑에서 한 개비를 뽑아 내밀어 보았는데 그제서야 선뜻 받아줘었다. 아, 이 사람한테도 염치라든지 자존심 같은 건 있는 모양이로구나.

거의 억지로 담뱃갑을 떠안겼다.

"담배 떨어지면 언제든 얘길 해요."

아차, 또 실수하는구나 싶었지만 이미 엎질러진 물이었다.

"어유 씨…… 타다담배…… 담배담배."

연이어 불만이 터져나왔는데, 요는 주인이 담배를 사다주지 않는다는 뜻 같았다.

"마침 담배 사다 놓은 게 그것밖에 없군요. 있으면 더 드리겠는데."

"햐?"

"무슨 담배 피우지요?"

"프하!"

그가 투박한 손을 떨며 담배 쌈짓에서 꺼내 보인 건 빈 청자 담뱃갑이었다.

—이 사람들이 말이오. 담배를 줄창 입에 물고 있어

요. 담배꽁초를 아무 데나 픽픽 집어던지니 화재 위험도 있구 말이오. 담배꽁출 발로 싹싹 문대서 버리면 오죽이나 좋아? 아무리 귀에 못이 박히도록 일러도 말을 안 들어요, 말을.

주인의 푸념은 계속된다.

―한 보루 사다 주면 일 주일도 몬 피워요. 일 주일이 뭐야. 둘 다 골초라요. 노상 입에 물고 다녀요. 요샌 물놀이 오는 손님도 없는 철이라 담배 사대자니 그것도 여간찮아요. 집사람이 몇 번이나 농협엘 가봤는데 청자가 다 떨어졌더란 말이오. 그래 담배 안 사준다고 저레 곤조를 부리는 거지요. 심통이 나서 소만 내다 매구설랑 방구석엘 기어들면 통 코빼기두 내보이질 않아요. 얼마나 고집이 센지. 아마 선상님이 한집에 살았으면 울화통이 터져 화병이 생겼을 거요.

뒷방에 들어가본 건 그 이튿날 밤이다. 목욕을 하러 K시로 나간 김에 먹을거리를 사왔기로 돼지고기 한 뭉텅이는 안주인한테 건네준 뒤 나머지를 갖고 뒤뜰로 돌아갔다. 방문을 두들겨도 아무 대꾸가 없기에 문고리를 잡아당겼더니 쉽사리 열렸다.

"야심한데 찾아와서 죄송합니다."

역겨운 냄새가 몰려나왔다. 옷가지며 짐 보퉁이가 꽉 들어차 발 디딜 데라곤 없는 그 방은 혈거인의 동굴처럼 어둠침침했다. 그 옹색한 공간에 부부는 야생동물처럼 웅크려 있었다.

"좀 들어가도 될까요?"

사들고 온 물건을 믿고 염치 불구하고 문턱을 넘었다. 방으로 올라서자 고개를 수그리지 않을 수 없었는데, 그 방도 예외 없이 문틀이 낮은 데다 천장마저 야트막했다.

이 집의 방문이란 방문은 죄다 높이가 낮고, 천장이며 변소 지붕이 낮은 건 주인 남자의 그 짧은 키와 무관하지 않으리라. 변소를 얼마나 낮게 지었던지 다리를 구부리고 고개를 꺾어야만 잠시라도 서 있을 수가 있다. 건넌방에서 안방으로 건너다니자면 마루를 통과하게 되는데, 베니어를 덧댄 마루 천장이 딴 집보다 낮은 데다 천장에 형광등까지 매달아놓았으니 형광등 모서리에 이마를 들이받는 일이 다반사였다. 하여 나는 주의 표시로, 위장약 겔포스 빈 곽을 형광등 갓에 매달아놓고서야 이마를 보호할 수 있었다.

튀김닭과 소주 한 병을 풀어놓으며 그 방에 들어온 걸 금세 후회했는데, 방안을 진동시키는 그것은 사람한테서 나는 냄새라기보다는 야수 냄새에 가까웠다.

"식기 전에 드시지요."

"다다다닭…… 어유 씨, 웨웨웬 통달키……."

어유 씨…… 그건 밉지 않은 접속사였다. 고마워도 어유 씨, 불쾌해도 어유 씨, 그러고 보니 그 말은 쓰임새가 다양하기도 했다.

"나가 나가! 나가 요놈아!"

언제 들어와 있었던지, 고양이가 튀김닭 봉지 가까이로 코를 디밀다가 짐 보따리 사이로 달아났다.

무쇠 화로 곁으로 새까맣게 탄 자국이 있는 커다란 냄비가 보였다. 양재기에 담긴 밥은 반쯤 눋고 반쯤은 생쌀이었다. 그 옹색한 공간에 반찬 그릇, 장도리, 옷가지, 낫자루, 싸릿대 따위가 동거하고 있었다. 어디를 보나 외양간의 마소보다 나을 것 없는 생활상이었다.

"한잔 받으시지요."

"힛, 수, 술이…… 술으, 어유 씨."

여자로부터 컵을 받으쥔 나는 그 속을 아예 안 들여다

보기로 했다.

"청자 담배가 시내엔 잘 없더군요. 이거라도 태우십쇼."

"어이 씨…… 다다, 담배도 안 사주고."

"농협에 갔더니 청자가 없더랍니다."

"저저저, 저는…… 조조조, 좋은 거 태우고 씨."

어느덧 말귀를 조금씩 알아먹게 된 나였다. 주인은 장미 담배를 태우는데 그걸 불만삼고 하는 말 같았다. 주인이 다른 담배보다 길이가 긴 장미 담배를 피우는 이유는 알 만도 하다. 병자에겐 유일한 낙이 이 담배요 술이다. 그런데 짧은 담배보다는 긴 담배가 입에 물고 있는 시간이 길 것이다. 한편 손이 없으므로 담뱃불을 붙이기 위해 라이터를 켜는 횟수도 자연적으로 줄어들기 때문이리라.

나는 그 양반이 손수 만든 담배 파이프를 건져올려 고고학자라도 된 양 유별난 관심을 갖고 살펴보았다. 구부러진 나무 꼬챙이에다 어렵사리 홈을 파고 나뭇잎 문양의 부조(浮彫)까지 해놓은 그것은 대단히 정교하게 잘 만든 물건이었다.

"이거 향나무지요?"

"야. 상, 상, 상낭구…… 핵교에 되우…… 어유 씨."

이어 그는 '핵교 뒤뜰에서 장작을 패주다가 도꾸 자루 분질렀어. 핵교 뒷산에서 노루 봤어. 노루가 껑충 뛰어서 강을 달려갔어'라는 뜻의 엉뚱한 소리를 주절대고 있었다. 갑작스레 튀어나온 그 학교가 어디 있는 학교인지 나로선 생판 모를 소리였다.

방문객의 관심이 자신의 공예 솜씨에 쏠려 있음을 알아차린 그는 짐 보퉁이로 와락 달려들어 무언가를 부스럭거려 찾기 시작했다. 이윽고 둥근 페인트 깡통만 한 나무통을 꺼내왔다. 그것이 어디에 소용되는 물건인지 한동안 감을 못 잡고 있는데, 굵고 가는 붓이 서너 개 들어 있는 필낭(筆囊)을 또 뒤져왔다.

"참, 그렇군요. 붓통이구만요."

"야, 어유 씨."

벼루, 돌맹이 꼈어, 앉았어, 던졌어. 얼마나 멀리 피융! 떨어졌어. 어유, 달구 새끼 놀랬어. 히융! 날아간다, 비행기, 오줌 눈다, 어유 씨…… 그는 해독하기 힘든 상형 문자 같은 소리를 한참 동안 주절댔다.

붓통을 건넬 때의 그 얼굴엔 자랑이 넘쳐났다. 겉면 마무리가 매끈한 그 필통은 형태가 조금 비뚜름했는데, 오히려 그래서 더더욱 고고학적 가치가 있어 보였다.

붓통 옆면에 새겨진 조각이 재미있었다. 귀가 축 늘어진 개가 앉아 있고, 빨랫줄의 새 한 마리가 개 밥통을 엿보고 있었다.

"어떻게 이런 걸 다 만드셨어요? 솜씨가 굉장하네요."

"안골…… 좋은 낭구 많아, 어유 씨."

윤가네 집 뒤 토끼굴, 살쾡이, 싸리낭구 지팽이, 피융! 안 부러져. 싸리낭구 얼마나 딴딴한데, 어유 씨…….

"이건 무슨 나무지요? 이것두 단단하고 좋은 나무 같은데."

"히히, 느티낭구 뿌랭이……."

썩어갖고, 토끼굴, 도꾸로 팍팍 때리고, 손 다치고, 어유 씨, 팡!

나와 의사 소통이 점점 더 쉬워진다는 건 어쨌든 좋은 징조가 아닐 수 없었다. '팡!' '피융!' 따위 의성어를 발음할 때는 어김없이 팔을 쳐들어 몸짓 연기를 해보였다. 이따금씩은 영장류처럼 끙끙거리는 신음 소리로 의사 표시를 대신하고 있었다.

"요놈은 저기 장독간 앞에 매논 놈하고 꼭 닮았구먼요. 요건 무슨 새지요?"

"까, 까치…… 어유 씨, 을마나 잘난 체하는데."

엉뚱하게 비어져 나온 그 잘난 체란 말이 왜 그리 우스운지 몰랐다.

"까치가 왜요? 무얼 잘난 체하던가요?"

"까, 까치…… 자꾸 놀라왔사. 비행기…… 싸리낭구 작대기 피융! 을마나 아픈데……."

까치가 자주 놀라와서 개밥을 훔쳐먹었다. 우리 집 누렁이가 한눈팔고 있는 척 돌아서 있다가 삽시간에 덤벼들어 까치를 뜯어먹었다. 지난봄에 누렁이 잡아서 동네 잔치 벌어졌다. 개장국 참 맛좋다. 송아지만한 놈이었다……. 필요 없는 단어를 다 빼고 나면 그런 뜻이었다. '비행기'와 '오줌 눈다'는 소리가 왜 난데없이 종종 끼어드는지 알 수 없었다. 아마도 추측건대 비행기를 쳐다보며 소변을 보면 기분이 참 좋다는 말을 하고 싶은지도 몰랐다.

몸을 잔뜩 웅크리고 까치를 덮치기 위해 호시탐탐 기회만 엿보고 있는 개의 표정은 일품이었다. 아즈텍이라든지 바빌로니아 유적지에서 출토된 옛 장인의 공예품 솜씨보다 그리 뒤떨어지는 솜씨도 아니었다.

"참, 내일 꿩 사냥하러 산에 갈 건데 같이 가시겠어요?"
"먀?"
"꿩 말이에요, 꿩."
"꽁? 뭔 꽁?"
"오상열 씨가 총을 빌려준답디다. 그 집 개도 데리고 갈 생각인데."
"퍄! 꽁만두, 어이 씨. 을마나 맛있는데……."

그는 자랑 삼아 으스대며 떠들었다. 작년에 오씨 꽁 두 마리 잡았다. 캇! 날아간다. 이따만한 돌멩이 던졌다. 어림도 없다. 오다가 거름 구덩이에 빠졌다.

"아침 먹고 나서 차 몰고 추미산으로 한번 들어가보십시다. 점심은 산에서 라면이나 끓여 먹으면 될 거고."

그의 얼굴이 활짝 쪼개지며 두 눈이 찌부러 붙었다.

이미 밤이 깊었고 방안이 훈훈한데도 겉옷을 한 가지도 안 벗고 있는 걸로 보아 옷 입은 채 그대로 쓰러져 자는 모양이었다. 꿩 잡으러 가는데 이 양반을 데리고 나가면 안방의 양주가 싫어할지도 모르지만 모른 체하기로 했다.

"함께 가실 거지요?"

"야."

"소 여물이나 넉넉히 줘놓으세요. 아침 먹고 좀 있다가 출발하십시다요."

그러자 갑자기 벼락 치는 고함이 터져 나왔다.

와우와하! 꿩 잡으로 간다. 피얏! 총 쏜다. 기분 좋다…… 그토록 좋아하는 모습을 본 건 이 집 들어온 뒤로 처음이었다.

"죽어 죽어 요놈아! 죽어!"

방을 나오려고 문을 여는데 부젓가락이 날아와 문짝을 쳤다.

"나가! 나가 요놈아 나가!"

이미 고양이가 밖으로 달아나고 없는데도 노파는 악에 받쳐 소리치고 있었다. 앞마당으로 돌아올 때 무어라 구시렁거리며 꽥 하니 고함치는 소리가 들렸는데, 아마도 고양이한테 절취당한 닭다리 때문에 말다툼이 난 모양이었다.

이튿날 아침 밥상머리에서 꿩 사냥 얘기를 꺼내자 안

주인 얼굴이 이상해졌다.

"그 양반이 꿩을 잡아요? 옷을 저레 두껍게 껴입고 꿩을 어떻게 따라 잡을꼬."

"그래서 개도 데리고 가는 거 아녜요. 오형네 개는 꿩 사냥을 따라다녀 봐서 잘 물어온다더군요."

"에이, 그만두시지요. 괜히 델구 가서 뒤치다꺼리하느라고 고상만 되우 하실라고. 안 봐도 뻔해요. 전번에도 지호 아빠 꿩 잡으로 갈 때 따라갔다가 쇠똥 구뎅이에 빠져서 옷을 마카 버려왔다니까요."

"소가 웃을 일이네. 저 양반이 꿩을 붙들어 와? 꿩한테 잡아멕히지나 말라지."

바깥양반도 영 시큰둥이었다.

"에이, 그러지 말고 우리 동생 딸네 결혼식에나 함께 가요. 집에서 돼지 한 마리 잡는대요. 거어 가서 괴기나 실컷 잡숫지요."

그래도 못 들은 척하고 라면과 코펠을 챙겼다.

5

 놓쳤던 꿩을 찾아낸 건 천만다행이었다. 추가로 산비둘기까지 잡았으니 더욱 잘된 일이었다. 총 맞고 엉성한 굴참나무 숲으로 추락한 걸 분명히 보고 이내 추격했는데도 꿩은 오리무중이었다. 순해터진 오상열네 잡종 진돗개는 한참 뒤지고 다니더니 죽은 지 오래되어 말라비틀어진 족제비를 물고 왔다.
 꿩을 찾아낸 건 바위굴 안에서 라면으로 늦은 점심을 때우고 산비둘기 한 마리를 잡아 꿰어차고 오던 길이었다. 놈은 벌채해 쌓아놓은 통나무 사이에 고개를 처박고 있었다. 애초에 총 맞고 달아난 방향과는 전혀 다른 엉뚱한 장소였다.

밤에 '노룻재상회'에선 조그만 잔치가 벌어졌다. 솜씨 좋은 가겟방 아낙이 무를 썰어 넣고 찌개를 끓여 내왔다. 오랜만에 술을 입에 댄 뒷방 양반은 금세 술기운이 올랐다. 동생 부부한테 얹혀서 쥐죽은 듯 웅크려 지내던 사람이 소리를 질러대며 호기를 부리니 진풍경이 아닐 수 없었다. 밖으로 나간 사람이 안 들어오기로 오상열이 나갔다 들어오더니 우리를 밖으로 내몰았다.

"형님네들, 오늘 입장료 톡톡히 내셔야겠어요."
"뭔 입장료? 이 양반 어데 갔어?"
"하여튼 이리 나와봐요."
"어이쿠나! 저 양반 보게. 소주 몇 잔 마시더니 아주 신이 났네그려."

뒷방 양반은 마당의 눈밭에서 덩싯거리며 춤을 추고 있었다. 하늘에서 내뿜는 푸른빛이 눈 쌓인 마당 가득 깔려 있어 그 남루한 행색을 얼마쯤 감춰주고 있었다. 소주를 사러 들렀던 땅꾼 사내의 얼쑤 얼쑤 얼씨구 하는 장단에 그 양반은 더더욱 신명이 나는 모양이었다.

저 양반이 춤을 춘다? 흥얼흥얼 노래도 부른다? 아무래도 어디 뭔가 잘못됐겠지 싶어 자꾸만 웃음이 비어져

나왔다.

    아리랑 아리랑 아라리요
    아리랑 고개고개로 나르 넘겨주세
    아리아리요 스리스리요

  희귀한 판소리라도 하는 줄 알았는데 실은 그토록 흔해빠진 가사였다. 그 간단한 노랫말 몇 마디를 입 안에 넣고 하도 우물거리며 늘여빼는지라 참을성 있게 기다리며 앞뒤 연결을 지어야만 간신히 알아먹을 수 있었다. 잘 돌아가지 않는 혀, 높낮이가 없는 틀린 곡조. 음치에 가까운 가창력이었고 그 노래에 도무지 어울리는 춤이 아니었건만 그는 끈기 있게 엉덩이를 씰룩이며 팔을 휘두르고 있었다. 이 눈빛(雪光) 아래서의 부조화(不調和)를 더더욱 실감나게 하려는 듯, 목끈에 매달린 오만가지 잡동사니들이 출렁대며 박자 틀린 장단을 맞추어주었다. 한마디로 우스꽝스럽기 짝이 없는 모양새였다.
  이윽고는 장독간에 나뒹구는 양재기와 막대기가 등장해 이 꼭두각시놀음을 더더욱 어색하게 만들고 있었다.

양재기 두들기는 소리는 아무 방음 장치 없는 툭 터진 공간을 향해 매가리 없이 산만하게 흩어져 갔다.

"이봐요 형님, 그거 때려치우구 신나는 거 좀 춰보우. 왜 있잖소? 형님 잘 추는 춤. 그거야 어데 느레터져서 되겠수?"

"맞아요. 그건 안 되겠어요. 하드록 같은 걸루 말예요. 거 왜, 지난번 추석 때 콩쿨 대회 나가서 추던 춤 있잖아요."

어색함을 벌충해 보려고 가겟방 주인과 오상열이 한마디씩 거들었다.

한정없이 늘여빼던 노래가 어느 순간 빠른 템포로 바뀌었다. 더불어 양재기 두들기는 소리도 빨라졌다. 탭댄스와 흡사한 춤이었고 이제 바야흐로 노랫말 같은 건 아무 의미가 없어졌다. 크햐! 해얍! 퐛! 등등의 숨가쁜 단절음이 빠른 율동의 사이사이로 끼여들어 구경꾼으로 하여금 숨을 몰아쉬게 했다. 이제까지의 느리고 어색하던 율동과는 차원이 다른 기발한 동작이 속출하고 있었다.

눈여겨볼 만한 건 발놀림이었다.

가볍게 발을 탕탕 굴리는가 하면, 뽀드득거리며 분주

하게 두 발을 비비적거리다가 한순간 딱 멈추었는가 하자, 또다시 얍! 햐우! 하는 동물적인 괴성과 더불어 가볍게 폴짝 뛰어오르는 공격적인 도약의 자세. 그럴 때 그가 꼬나쥔 작대기는 창이고 양재기는 방패의 역할을 해주고 있었다. 이웃 부락과의 전쟁 승리를 자축하기 위한 원시 부족의 축제 마당을 연상시키는 춤이었고, 그 어떤 인디언 영화 장면에서보다도 더 훌륭한 완벽한 연기였다.

도대체 저 맷집과 저 무거운 옷차림으로 어찌 저런 깃털 같은 동작이 나올 수 있을까 싶은 나머지 나는 넋이 빠져 숨죽인 채 빨려들어 갔다. 문득문득 떠오르는 그림이 있었다. 니코스 카잔차키스의 감동적인 소설 《희랍인 조르바》. 별빛 푸른 크레타 섬의 해변가에서 산토리를 연주하며 깃털처럼 가볍게 도약하는 절묘한 춤…… 성속(聖俗)을 밥먹듯 넘나드는 기인(奇人) 조르바의 그 신기(神技)에 가까운 조르바 댄스. 그것은 춤이라기보다는 지중해의 짙푸른 바다 빛과 그 독특한 기후와 민속이 어우러져 빚어진…… 크레타 섬을 둘러싼 그 아름다운 자연(自然) 리듬의 재현이라고 작가는 설파했던가.

"챙 챙 챙 챙!"
"땡그랑땅 땅땅!"
"깡 깡 깡 깡!"

양재가 두들기는 소리는 점점 빨라져 이윽고 이 기인은 뒤로 휘청 밀려나며 가겟방 차양을 떠받치고 있는 기둥을 붙안고 늘어졌다. 숨이 턱에까지 차오른 그 엑스터시의 순간에 그는 통나무 기둥을 들이흔들며 야수와도 같이 야우! 와후와! 하고 울부짖었다.

참으로 난생처음 구경하는 기괴한 축제였다. 찍소리 없이 엎드려 지내던 사람이 소주 몇 잔에 저리도 신명나게 자기를 드러내놓을 수 있다니. 수만 년 전부터 현대의 인간으로 진화해 오는 동안 축적되고 매장되어 있던…… 문명에 노출되지 않은 무균질(無菌質) 인간의 오랜 슬픔과 분노가 그 속에 들어 있었다.

불현듯 저 네안데르탈인의 모습 위로 처자식 다 팽개치고 동냥자루를 메고 떠난 내 맏형님을 겹쳐 떠올리며, 나는 속으로 진저리를 치고 있었다.

"저 양반 몬 말리겠네, 몬 말려. 아이, 주책 좀 그만 떨어요."

"이 사람이! 그런 소리 마. 가만 둬. 신이 나셨는데 뭘. 저 형님 말린다고 되나."

"추석 때면 여기 초등학교 분교에서 리(里) 대항 콩쿨 대회가 열리는데, 저 양반이 인기상은 독차지한대요. 저 춤이 저래봬두 아주 명물 춤이라구요. 헛허허허."

"오형 말대로 예사 춤이 아니로군. 저 발놀림 좀 봐요."

그리고 난데없이 나는 또 인류를 제3의 침팬지 또는 털 없는 원숭이라고 명명한 그 탁월한 저작들을 떠올렸다.

저것은 머나먼 인류의 기원(起源)에서 토해져 나오는 포효가 아닐 것인가. 누구한테 배워서가 아니라 자기 스스로 터득한 자연 발생적인 율동. 문명 사회에서는 저능일지 모르지만 원시 사회였더라면 저 사람은 어엿한 전사(戰士)요 장인이자 수렵꾼이지 않았을까.

고고학적인 빼어난 내 상상의 불길에 기름을 쏟아붓기라도 하겠다는 듯, 그는 우그러져버린 양재기를 버리고 아예 큼직하고 둥그런 양철판을 구해왔다. 좀더 원시적인 그 타악기는 효과면에서는 좀전의 그 알루미늄 양재기보다 한층 강렬했다. 귓속이 자글거릴 정도로 그 소리는 요란스럽고 톤이 높았다. 춤은 이제 가슴 벅찬 절정을 향해 치닫고 있었다.

"이봐요, 그거 일루 내요! 어데서 양철 쪼가린 주워와서 그래. 귀따가와서 죽겠네 제길."

시트름한 눈초리로 트림을 게워내고 있던 땅꾼 사내의 일갈에 별안간 양철판 두들기는 소리가 그쳤다. 한동안 어리벙벙해 있던 뒷방 양반이 얼굴을 짜부라뜨리고 땅꾼 사내한테로 다가갔다.

"내 말이 틀렛소? 귓구녕이 자글거레서 동네 사람들 어데 잠을 자겠냔 말이오. 달밤에 체조하는 거야 뭐야."

"어유, 지미 씨!"

막대기가 동댕이질쳐졌다. 이어 네안데르탈인은 말릴 사이도 없이 거친 손길로 땅꾼 사내 입에 물린 담배를 가로챘다. 차양 아래 섰던 이웃들이 달려나갔지만 때는 이미 늦어 있었다.

"어유 씨, 임마!"

"이 병신 영감태기가! 너 시방! 또 한번 씨부려봐."

그러나 땅꾼 사내가 손을 쓸 틈도 주지 않고 삽시간에 고릴라처럼 돌진해 간 원시인은 땅꾼을 냅다 들이받아 단숨에 넘어뜨렸다. 두 사나이는 눈밭을 나뒹굴며 원시적인 고함을 질러댔다.

예순을 넘긴 나이건만 뒷방 양반은 기운이 장사였다. 이마를 들이받힌 땅꾼 사내는 눈두덩이 부어오르고 입에서 피를 흘려댔다.

"뭔 원수 졌냐? 이레 싸울 기 뭐이야? 이 사람아, 노친네한테 함부루 그러는 법이 아니야."

"시상에나! 싸울 걸 갖고 싸워야지."

취해서 비틀거리며 씩씩거리는 땅꾼 사내를 가겟방 부부가 부엌으로 불러들여 한참 구슬러 간신히 내보낸 뒤에야 조용해졌다.

네안데르탈인은 가겟방 한귀퉁이에 상처받은 짐승마냥 웅크려 술을 마시고 있었다. 이따금씩 투박진 손에 묻어나고 있는 건 진물인지 눈물인지 알 수 없었다. 술을 더 마시지 말라고, 오와 가겟방 주인이 돌아가며 달래곤 해도 아무 소용 없었다.

"저 양반한테 말 함부로 했다간 큰일난다구요. 그 자식 그거 인간이 덜 돼먹은 놈이야. 즈 아부지뻘 되는 양반한테 이놈 저놈이라니. 딴 동네 사는 놈이 괜히 술 처먹구 와가지구 자식이!"

그러면서 오상열은 자신이 지난봄부터 당근 농사 지을 때 뒷방 양반을 데리고 다니며 일을 시켜보았는데, 말귀다 알아듣고 시키는 일은 군말 없이 잘 해내더란 거였다. 이번 겨울 지나면 자기 집 양지바른 마당으로 데려다가 이발을 시켜주고 옷도 좀 구해다가 갈아입혀 주리라 벼르고 있었다.

간밤의 기억들이 가물가물한 와중에도, 악살맞게 짖어대던 주인집 도사견한테 장홧발을 들이대며 실랑이를 벌인 일 한 가지는 가까스로 기억해 냈다. 인사불성이 되리만치 과음을 한 건 이 마을에 들어온 이후 처음 있는 일이었다. 가죽 장화에 개 이빨 자국이 나 있었고 바짓단이 찢어져 있었다.

"씨언한 콩나물국 해서 해장 한잔 안 하실려우? 쏙 좀 푸셔야지."

"어제 실수 많이 했지요? 이것 참 죄송해서⋯⋯."

아침상이 그토록 늦은 것도 처음 있는 일이었다.

"뭔 실수. 술 먹으면 다 그렇지요 뭐. 많이 마시긴 많이 마신 모양이우. 개한테 안 물어뜯긴 것만도 다행으로 여겨요. 헛허허허. 술 취해 뻐드러진 사람 끄잡아들이니라고 저 사람 혼쭐이 났다우. 외양간 앞에 큰대자로 뻐드러졌는데 당췌 아무리 흔들어 깨워도 꿈쩍을 해야지."

이 집에는 내 어머니와 죽은 형제들의 환생태(還生態)가 살고 있다…… 느닷없이 그런 생각이 지나갔다.

"웬 술을 그레 많이 마셨어요? 그러니 그놈의 꽁이 말썽이다. 선상님도 술 마시니 꼭 어린애 같더만요."

안주인은 화로에 데운 콩나물 김칫국을 퍼주면서 그 솥뚜껑 같은 손으로 입을 가리며 소리내어 웃어댔다.

주인 내외가 잔뜩 성이 나 있다는 걸 알게 된 건 그날 오후 오상열이 들렀을 때다. 뒷방 양반이 장독간에 넘어져 항아리를 깨뜨리고, 닭장문을 열어놓아 닭 몇 마리를 밤손님이 물어가 버렸다는 거였다.

"그 양반, 술을 절대로 먹이지 말라는 건 불문율이에요. 꿩 잡아왔다고 신이 나서 그걸 그만 깜빡 잊었지 뭐예요. 허헛 참, 그놈의 꿩고기가 문젤세."

닭장 앞에 질퍽하게 게워낸 토사물도 뒷방 양반 소행이리라.

"그 양반 닭장엔 왜 들어갔답디까?"

"닭 잡아먹으러 들어갔겠죠 뭐. 허허허허. 없어진 게 서너 마리 되는 모양이던데."

봄에 많이 사다 키우던 놈들을 여름에 다 팔아치우고 이제 사오십 마리밖에 안 남았다는 그 닭들은 벌이 없는 겨울철 그 집의 유일한 수입원이었다. 알은 모아뒀다가 시장에 내다 파는데, 며칠에 한 번씩 아랫마을 식당들로부터 닭을 잡아다 갖다달라는 연락이 오곤 하는 모양이었다.

"닭값은 내가 물어야 할 것 같은데. 오형, 어쩌지?"

"에이, 무슨 소리예요? 형님이 왜 닭값을 물어요? 괜찮아요 까짓것. 봄에 또 병아리 사다 넣을 건데요 뭐. 지금은 저 형님 화를 내고 있지만 내일이면 싹 잊어버릴 거예요."

그러나 오의 그것은 전혀 틀린 예측이었다. 그날 해질 무렵 그 효력이 당장 나타난 것이다.

뒷방 양반은 진종일 꼼짝없이 방에 틀어박혀 있었다. 부서진 항아리와 토사물을 치우면서 안주인 입에서 연해 불만이 터져 나왔다. 주인 남자도 방안에 들어앉아 밖으로 나오는 일이 없어 집안은 폭풍 전야처럼 조용했다.

해질 무렵이 되자 외부에서 걸려오는 전화벨 소리가 잦아졌다. 주인은 누군가와 목소리를 한껏 낮춰 오래도록 통화를 하는 기척이었다.

"이거 봐요, 이거 봐! 십이만 원이 어데 얼라 이름인가? 고소를 허든 고발을 하든 니 멋대로 해보라구!"

벼락치듯 갑작스런 고함이 터져 나오고 수화기를 내동댕이치는 소리가 들리더니 주인은 이내 쿵쿵대며 마루를 내려서 뒤뜰로 돌아가는 기척이었다. 뒷방으로 들어가 한동안 난리를 친 다음 뒷방의 두 양반을 앞마당으로 데리고 왔다.

"당장 보따리 싸서 나가요! 아니, 남자가 술 취해 그 모양이면 어련히 나와서 델구 들어가야지, 형수는 방구석에 틀어박혀서 대체 뭘 했사? 술 먹었으면 먹었지 그 되지도 않는 고성방가는 왜 해? 여어가 노래방인 줄 알아? 팔다리 없는 병신이라고 날 무시하는 기야 뭐야?"

그건 한편 나 들으라 하는 소리 같기도 해서 꼼짝없이 방안에 갇혀 있을 수밖에 없었다.

"술을 먹었으면 먹었지 사람은 왜 치고 야단이냔 말이

야. 치료비 안 물어주면 고소하갔대요. 고소가 뭔지 알우. 고소가? 꼴 좋겠수. 환갑 넘긴 그 나이에 까막소 가서 어데 콩밥 좀 먹어보란 말이야. 뭐이가 잘났다고 온 동네방네 떠나가도록 그 난리를 치곤 사람까지 친단 말이야. 치료빌 자그마치 십이만 원 내래요 글쎄. 어여 당장 나가서 십이만 원 만들어와요."

무언가가 와그르르 나자빠지는 소리. 안주인이 개를 쥐어박으며 핀잔을 놓는 소리를, 박씨의 가래 끓이는 소리가 삼켜버렸다.

문틈 사이로 눈을 가져다대니 형수란 여인은 두 손 맞잡고 안절부절이고, 네안데르탈인은 아직도 술이 덜 깨어 옳게 서 있지도 못하면서 '어유 씨'를 연발하고 있었다. 목에 매단 잡동사니들이 지는 해에 사금파리처럼 빛나고 있었다.

"다신 술 안 먹겠다고 맹세를 해. 그 좋은 필력으로 각서를 써요. 이봐, 붓하고 벼루 가주와."

그러자 안주인이 뒤뜰로 돌아가 벼루와 붓을 대령하는 기척이었다.

今日以後 一切禁酒…… 마룻바닥에 엎드려 그 누추한

손으로 주인이 불러주는 대로 받아적는 기척이 내 방문 너머로 느껴졌다.

"만약 내 앞에서 또 술 먹구선 땡깡 부리면 이 집에서 당장 내보낼 거요. 대답해 봐요. 대답해 보라구 얼릉. 알아들었소 몬 들었소?"

"퍄 퍄 퍄 푸…… 아 아 알…… 어유 씨."

"아니, 거 쌍시옷자는 왜 쓰는 거야? 지가 뭐를 잘한 기 있다고."

"어유……."

"또 또 또! 그놈의 씨 소리는. 두 번 다시 술 먹을 거야 안 먹을 거야? 대답해 봐요. 안 먹을 거지?"

"햐…… 꾸륵."

"형수도 지금 들었소? 두 사람이 나가서 굶어 죽든 얼어 죽은 이젠 당신들 맘대로 해요. 자그마치 삼십 년이란 말이야, 삼십 년. 그만큼 참고 해줬으면 미안한 줄 알아야지. 아후, 정말 지긋지긋해, 지긋지긋!"

뒷방 부부가 사라지고 난 뒤 박씨는 소곤거리며 안주인더러 지시를 내리는 기척이었다. 저기 저 청자 담배 사다 놓은 거 한 보루 갖다주거라. 시원한 김칫국이라도 끓여 들여보내고 어제 잔칫집에서 얻어온 돼지고기도 좀 넉넉히 차입해 줘라…… 목소리가 착 가라앉은 박씨는 왠지 기가 푹 꺾인 듯했다.

6

 우리는 땅꾼 사내 집을 들렀다가 K시에서 장을 보고 돌아오는 길이었다.
 피해자와의 협상이 잘 풀려 박씨는 기분이 좋아져 있었다. 땅꾼 사내와 함께 장터 거리에서 마신 소주로 하여 말끔히 면도한 그 얼굴이 보기 좋게 불콰해져 있었다.
 피해자는 부어오른 눈두덩에 안대를 두르고 붕대까지 싸매고 드러누워 엄살을 피웠다. 주인 내외는 농협 저온 창고에서 구해 온 진공 포장(眞空包裝) 찰옥수수와 집에서 잡아간 닭 두 마리를 꺼내놓고 사정을 했다.
 "그래도 자네가 한 자라도 더 배우지 않았는가? 그 양반이 웃사람 아랫사람 구별할 줄 알면 누가 바보라 그러겠는가. 길 가다가 재수없이 개한테 물린 거라 생각하고 자네가 이해를 좀 하게나. 내가, 이 팔다리 없는 병신이 예까지 찾아와서 이레 사정을 하지 않는가 말이야."

불구자의 간절한 하소연이 효력을 발휘한 모양이었다. 등을 지고 드러누워 고집을 피우던 땅꾼 사내는 마지못한 듯 일어나 앉았다. 치료비조로 만 원 짜리 두 장을 넣어간 봉투를 사내는 굳이 되돌려주었다.

"한마디로 코미디네 제기랄. 나 그렇게 째째한 인간 아니라요. 헹님, 이 돈은 넣어두시고, 날씨도 꾸무리하고 기분두 글쿠한데 나가서 쏘주나 한잔 사시우."

그렇게 하여 땅꾼 사내와 함께 면소(面所) 부근 장터 거리로 내려가 대낮부터 국밥을 시켜놓고 마신 술이었다. 술기운이 오른 박씨는 지프 조수석에 덩그라니 올라앉아 침방울을 튀겨가며 열을 내서 떠들어댔다.

"십이만 원이 얼라 이름이야 뭐야? 십이만 원? 나한테 그 돈 뜯어냈다가 뭔 동네 우사를 당할라고. 면사무소에 구호 양곡 타러 갔다가, 양곡 몬 주겠다고 오리발 내밀던 호적계장이란 놈이 나한테 을마나 혼쭐이 났는지 저 녀석은 소문도 몬 들어본 모양이지. 책상 다 둘러엎어버리구, 날 잡아 먹어라 하구설랑 바닥에 드레누워 온 난리를 치매 땡깡을 부렸지. 헛, 나중엔 경찰서장 군수까지 와서 나한테 싹싹 빌었다니까."

한참 그렇게 떠들던 그는 조단면 면사무소 지나 농협 창고를 지나칠 무렵, 장난기 가득한 웃음을 머금고 뜬금없이 이상한 질문을 해왔다.

"선상님, 혹시 운곡리라고 들어본 적 있어요, 운곡리?"

내 기억으로는 운곡리라면 조단면 운곡리지 싶었다.

"그렇지요. 조단면 운곡리지요. 당산 농협 지나서 이리로 넘어오자면 오른켠으로 사당이 하나 있지요? 거어 사당 지나서 카부 돌아 올라오기 전에 가겟방에 가보셨수?"

고개 넘기 전에 딱 하나 있는 가겟방이라면 안면이 있고도 남았다. 하여 나는 지금 우리가 가고 있는 방향이 그쪽이 아닌가고 되물어보았다.

"그러믄 그럼. 우리가 지금 글루 가고 있어요. 그 집에 운곡산장이라고 한문으로 써놓은 간판 보셨수?"

그 가겟방을 유별나게 기억하고 있는 건 그 집 간판 때문일지 몰랐다.

"간판요? 그런데 그 간판이 왜요?"

"그래빼도 그 간판 글씨 그거 보통 글씨가 아니라요. 그게 얼마나 명필인지 우리 마실에선 마카 모르는 사람이 없지요."

그리고 박씨는 다소 허풍스런 웃음소리를 매달았다. 농담이 하고 싶어진 것이려니…… 허여 나는 명필이란 말을 어떤 뜻으로 받아들여야 할지 알 수 없노라고 응대해 주었다.

"고깟 놈의 글씨를 갖구설랑 왕희지체가 어떻구 추사체가 어떻구 나아 원."

주인답지 않은 지적(知的)인 화젯거리에다 여느때의 이 양반 어법이 아니라서 더더욱 어리둥절했다.

"왕희지체요? 대체 누가 그럽디까?"

"그러니 내 하는 말이 그거라니깐요. 글씨두 아이구 거어 참, 한마디로 개판이지요 헛허허."

"글쎄, 그렇게까지야…… 간판쟁이 경험이 없는 아마추어 솜씨긴 합디다만."

"허허, 그래도 선상님은 좋게 봐주시네."

그런데 간판 글씨 그게 무슨 상관이냐고, 당신하고 관

련된 무슨 사연이라도 있는가고 물어보았다.

"사연이나마다 그게 바로 우리 성이 쓴 글씨래요."

"어떤 형님 말이에요?"

"뒷방 성이지 누구라요."

"글씨를 써요?"

"바보한테도 딱 한 가지 타고난 재주는 있는 거라요."

"아니⋯⋯."

임계 장터를 구경하고 돌아오던 날이었다. 눈이 많이 내린 데다 모래를 깔지 않아 곳곳에 빙판이 져 있었다. 체인을 치려는데 체인을 잡아묶는 고무줄 한 짝이 보이지 않았다. 날씨는 맵게 쌀쌀맞고 도움을 청할 데를 찾아 한참을 걸어 올라오니 그 가겟방이 눈에 띄었다. 다행히 자전거 튜브 조각을 얻을 수 있었는데, 가겟방 이마에 매달린 간판이 눈에 들어온 건 선짓국 한 대접으로 한기를 물리치고 난 뒤였다.

거칠게 짜맞춘 나무 판대기는 형편없이 삭았고 상호를 나타내는 검정 페인트 역시 군데군데 퇴색의 조짐을 드러내고 있었다. '雲谷山莊'. 그건 서체라기보다는 반추상(半抽象)의 뒤틀린 그림에 가까웠다. 심산 구곡에서 구해

온 희귀종 분재와도 같은 기묘한 뒤틀림이랄까? 붓질의 굵기가 일정치 않고 글자와 글자의 간격도 흐트러져 있어 초심자의 글씨임을 첫눈에 알아차릴 수 있었다. 징그러운 커다란 벌레가 꿈틀거리며 기어가고 있는 듯, 균형 잡히지 않아 얼마쯤 유치해 보이기도 하는 서체였다. 그렇기는 하건만 거기에는 행인의 발길을 잡아놓는 묘한 구석이 있었다.

"그 집주인한테 우리 집안 웃음거리 된다고 간판 그거 제발 좀 떼버리라고 몇 번이나 그랬지요. 허헛 참, 근데 그 간판이 마을에서 고만 명물이 돼버렸다니깐요. 지나가던 어떤 스님이 그 글씨 보고설랑 집으로 찾아온 일까지 있었다니깐요. 내 눈에는 또옥 소학교 어린애가 습자 연습한 솜씨 같은데 그 스님한텐 그렇게 안 보이던 모냥이에요. 예술적이라나 뭐라나. 뭐이 하여튼 그런 거래요. 싱거운 스님 다 보겄드만."

"형님께선 학교를 어디까지 다녔지요?"

"핵교는 무신 핵교. 서당에 조금 댕기다 말았지요 뭐. 서당에 댕길 때까지만 해도 내 성은 저레 심한 바보가 아니었어요. 훈장한테 회초리 맞아가매 배운 한문을 안

잊어먹고 있는 기 참 신통하지요."

……이따금씩 딴 마을에서 제사를 지내거나 하면 지방 같은 거 써주고 제사 음식을 한 뭉치 싸들고 오곤 한다. 자주 있는 일은 아니지만 집으로 기별이 온 적도 있다. 제삿날이라 지방을 좀 써야겠는데, 한문 쓸 줄 아는 사람이 갑자기 앓아눕게 되었으니 형님을 좀 보내주시라.

"우리 조부님이 재주가 많고 글씨가 빼어난 사람이라요. 조부님 닮은 모냥이지요. 우리 삼 헹제 가운데 그래도 한문이라고 좀 쓰는 사람은 저 양반뿐이래요."

이어 그는 자기 가계에서 유일한 식자라는 조부 자랑을 늘어놓았다.

우리가 마침 그 가겟방엘 들르게 된 건 해가 질 무렵이었다. 요행히도 그 집에 옥수수로 담근 술 한 병이 남아 있었다. 순대 국물로 속을 다스리며 왜 저 간판을 떼지 않느냐고 박씨가 힐난하니 그 집주인 홍천 사람은 엄살을 떨어댔다.

"옛끼! 그런 소릴랑 말아. 그거 뗐다가 당신 형님한테 된통 혼날라구. 그래도 오매가매 저 글씨 볼 적마다 기분이 좋은 모양이여. 저 글씨 써줬다구 강냉이 한 자루

넘게 가져갔어."

 뒷방 양반이 남의 집 대소사에 빌붙어 허드렛일을 해주거나 남의 집에 가서 한문 글씨를 써주곤 한다니 나의 맏형님과 어찌 그리 비슷한지 모르겠다. 아직 어릴 때라 내 눈으로 직접 확인하지는 못했으나 큰형님의 한학 수학(漢學修學) 정도가 상당했다는 건 식구들 얘기를 통해 듣고 있었다. 머리 박박 깎고 중이 된 사촌형 얘기로는 아버지 고향에 가면 형님 손수 쓴 한문 글씨를 어렵지 않게 볼 수 있다 했다. 문패라든지, 대문짝이나 문지방에 붙이는 입춘방(立春枋)이라든지, 아무튼 형님이 쓴 글씨들은 필체가 독특해서 첫눈에 알아볼 수 있다는 거였다.
 이 세상에 아무 족적도 남기지 않으려는 일념에서, 처자식까지도 팽개치고 자신이 쓴 모든 시들을 태워 없애 버리고 집을 나가버린 그 형님이 어찌해서 본적지 곳곳에는 자신의 흔적을 남긴 것일까? 추측건대 아마도 아무 생산 활동에 종사하지 않으면서 떠돌이 생활을 하자니 문전 걸식이 그의 주요 업무가 되었을 테고, 밥 한술 얻어먹자면 공짜로는 눈치가 보이니 허드렛일 거들어주고 붓글씨라도 써주지 않을 수 없었으리라. 형님은 한시(漢詩)에도 얼마쯤 조예가 있어서 시골집 사랑채 벽지 같은 데에다 두어 줄씩 읊조려놓기도 했다는데, 오랜 문전 걸식과 비문화적인 생활로 하여 문자는 거의 다 잊어먹었으리라 싶건만 어찌 그리 용케도 옛 실력을 되살릴 수 있었던지 참으로 모를 일이다.

"그 형님 글씨야 내가 잘 알지. 아주 뭐 달필이다. 세상에 그런 명필이 흔할꼬. 고향의 어떤 마을에 가면 사당의 현판에도 그 형님 글씨가 있지. 사람들이 처음에는 멋도 모르고 거렁뱅이라고 손가락질하다가 글씨 쓴 거 보고는 고마 깜짝 놀래버리는 거라. 느 형님은 생각이 깊어서 보통 사람하고는 대화가 안 돼. 또옥 무슨 선문답 하는 기분이라."

언젠가는 전라도 어느 낯선 고을 파출소에 동료 걸인과 함께 행려병자로 붙들려 갔더란다. 동냥자루 속에서 느닷없이 붓과 벼루가 나오길래 범상치 않게 여긴 파출소장이 종이를 가져오게 했다. 형님이 써보인 문귀는 그 방면의 수련을 쌓은 승려들이나 알아먹을 만한 구절이다.

識自本心 是見本性
悟卽元無差別 不悟 卽長劫輪廻

파출소 소장이 무슨 뜻이냐고 묻는다.
―자신의 본래 마음을 아는 것이 본래의 성품을 보는 것이다. 깨달으면 원래 차별이 없으되 깨닫지 못하면 오랜 세월 윤회에 빠지느니라.

소장은 아이구 할배요 소인이 사람을 잘못 보았읍네다 아뢰면서 머리가 땅에 닿도록 절을 하더니 그만 그 자리에서 당장 풀어준다……

이 일화는 형님 자신이 퍼뜨린 것이 아니다. 전라도의 그 파출소에서 형님 본적지 파출소로 신원 조회를 하는 과정중에 자연스레 퍼뜨려진 얘기다.

그 형님이 어떤 경로로 미쳐서 집을 나갔는지는, 내가 너무 어렸을 때니까 자세한 정황은 잘 모르겠다. 그가 정말 완전히 미쳐버렸던지 아니면 얼마쯤은 온전한 정신이었던지 그것조차도 친지들 간에는 중구난방 의견들이 가지각색이다. 그는 어떻든 시인이었고, 박식이었으며, 요절한 둘째형님과 마찬가지로 천부적으로 이 세상과 화해하기 힘든 배덕적(背德的) 성향을 갖고 태어난 것만은 분명해 보인다.

한 컷의 삽화가 떠오른다. 고향 P시에서 큰 형님이 사립 중고등학교의 국어 선생을 하던 시절이었으니 나는 초등학교 이, 삼학년 때던가. 무슨 일인가로 그 형님과 형수가 살림을 얻어나가 살고 있는 학교 관사로 찾아간 일이 있다. 관사 뒤편 언덕받이에는 눈이 쌓여 있었던가. 흰 코고무신에 몸빼 차림으로 물지게를 지고 언덕을 오르던 형수. 우리 말썽꾸러기 도련님 왔으니 따순 밥 지어주겠노라면서 부엌 아궁이에 엎드려 매운 연기를 들여마셔가며 아궁이불을 지피던 형수의 그 너부죽한 등판.

그런데 큰형님 모습은 좀 유별나게 각인되어 있다. 그 형님을 연상할 때면 절집의 중을 떠올리곤 하는데, 그건 아마도 그날 관사의 그 단칸방에서 본 형님 옷차림 때문이리라. 그날 그는 미군 부대에서 흘러나온 국방색 털벙거지를 푹 눌러쓰고 군용 야전 점퍼를 걸친 차림이었다.

절집의 중을 떠올리게 버릇된 건 그가 즐겨 입던 그 잿빛 한복바지 때문이 아닌가 싶다. 형님이 벙거지를 쓴 건 아마도 짧게 깎은 머리숱 때문일 텐데, 팔짱을 끼고 앉아 상체를 건들거리며 쉴새없이 무언가를 읊조리던 품도 암자의 면벽승(面壁僧)을 연상시킬 만했다. 그러고 보니 참, 중이 되려고 절집을 기웃거리던 그가 빨갱이 혐의를 받고 경찰서를 전전한 전력 때문에 포기한 일도 있다던가.

책들로 도배를 하다시피 한 그 방의 사면 벽. 그 시절로서는 대단히 희귀본에 속할 무슨 대백과사전이 책장 하나를 온통 차지하고 있었던 기억이 난다. 그리고 눈을 거의 감듯이 하고서는 마치 시구를 불어내듯 뜸적뜸적 뱉아내던 그의 독특한 말버릇.

그는 말을 빨리 하는 법이 없다. 세속인들이 쉽게 알아차리기 힘든 철학적인 생각들과 갖가지 시적인 이미지들로 늘상 그의 마음속이 분주했기 때문일까? 그 큰 눈을 두꺼비처럼 꿈벅거리며 무척도 느리게 드문드문 한두 마디씩 내뱉는 사람이었다. 그러니 그 형님과 상대해 본 사람들은 사촌형 말대로 그야말로 선문답을 하는 듯

한 기분에 사로잡혔음 직도 하다. 시문(詩文) 한 편 남기지 않고 떠나버렸기에 자세히 알 수 없긴 하지만, 짐작컨대 그는 무소유(無所有)의 유랑으로 일생을 보낸 삿갓 김병연이나 딜런 토머스 같은 방랑 시인을 뒤따르려 했던 건 아닐까?

그를 떠올릴 때면 꿰맨 자국이 있는 회갈색 동냥자루와 벙거지 말고도 잘려나간 오른손 엄지손가락을 빼놓을 수 없다. 도끼에 찍혀 땅바닥에 떨어지자마자 마당을 가볍게 톡톡톡 뛰어다니던 그 새빨간 엄지손가락.

그 형님이 학교 관사로 살림 나가기 전이었던지 후였던지 그런 따위는 자세히 기억나지 않는다. P시 자유 시장의 큰손 미곡상으로 집안이 한창 번창하다가 어머니의 와병으로 이제 막 가세가 기울기 시작할 무렵이던가. 가세가 기울기 시작했다지만 아직도 우리는 마당 크고 방이 많고 대문이 근사한 한옥집에 살았다.

그날은 동짓날이었고 마당에는 큼지막한 가마솥이 걸렸다. 형수는 팥죽을 쑤느라 마당과 부엌 사이를 분주히 오가고, 우리 꼬마 형제들은 마당에서 재잘거리며 무슨 놀이인가에 열중해 있었다. 집안에서 어머니와 맏형님이 크게 다투는 소리가 났던가 어쨌던가…… 그러나 그 다음 장면은 한여름 칸나 꽃잎사귀처럼 강렬한 빛깔로 각인되어 있다.

대청마루에서 안방으로 통하는 문이 와락 열리고, 맏형님이 맨발에 동저고리 바람으로 뛰쳐나오자마자 장작 패는 통나무 버팀대로 달려간다. 그리고 그 다음 순간, 부엌에서 함지 같은 걸 안고 나오던 형수 입에서 터져 나온 벼락 같은 비명이 먼저던가, 아니면 도끼를 내리치는 퍽! 소리가 먼저였던가. 아무튼 톡톡거리며 무척도 경쾌하게 마당을 뛰어다니던 조그만 살덩이 하나만은 내 기억 속에 선명히 각인되어 있다.

"어무이! 어무이! 아이구 어무이, 내가 몬 산다 몬 살아."

아마 형수는 부엌으로 뛰어들며 그렇게 소리치며 얼굴을 가렸으리라.

"엉? 와? 아가, 무슨 일이고? 야아 야, 좀 천천히 말해 보거라."

"좀, 좀 나가보시이소. 즈아부지가 손을, 손을 도끼로! 하이구야."

"뭣이? 도끼? 뭐가 어째라?"

 그 이후의 장면들은 흡사 빠른 영사막과도 같이 정신없이 돌아간다. 지팡이에 몸을 의지해서 절뚝이며 대청마루로 나온 어머니 입에서 두서없는 비명이 터져 나온다.

"느 아부지! 느 아부지! 야아 야, 영아, 완아, 숙아, 저 뭣이고, 거시기야 머시기야…… 빨리 시장에 가서 아부지 모셔오이라. 하이구 세상에! 저, 저, 저, 빌어묵을 놈의 자석이!"

 맏형은 손바닥에 피를 묻히고 미쳐 돌아가며 길길이 뛰고, 동네 사람들이 웅성거리며 마당가에 몰려 서 있다. 잠시 후, 대문간을 처억 들어선 중절모의 중년 신사 입에서 대갈일성이 터진다.

"이노무 자석이, 이 망할 놈의 자석이! 온 동네 우사스럽게 이게 지금 뭐 하는 짓이고?"

 맏형의 동저고리 멱살을 탁 틀어쥐고 한술 더 뜨는 아버지.

"이리 와 이놈아! 그렇게 소원이라면 이 손 이거 마저 잘라주께. 손모가지 이리 내!"

 누군가가 형님을 덜렁 업고 병원으로 냅다 달리고, 그

리고 그 이후로 온 집안은 연일 곡성과 원성으로 가득 차게 되었으리라.

이 선명한 활동사진이 그 시절 우리 집안의 불행을 단적으로 드러내준다. 맏형님은 아버지가 장가올 때 데리고 들어온 자식으로서 이복(異腹)이었고, 그로 하여 집안은 어머니와 큰 형님의 분란이 끊이지 않았다. 형수와 어머니 사이에도 사사건건 알력이 있었고, 적자계(適者系)로서는 맏이인 둘째형님과 서자계(庶子系) 외아들인 이 맏형님과는 견원지간이었으며, 어머니를 속이고 결혼해서 나중에 데리고 들어온 이 배다른 씨앗 때문에 어머니는 두고두고 아버지를 문책하게 된다.

맏형님의 가출에는 그러므로 얼마쯤 가족사적인 배경이 작용했으리라. 그러나 거기에는 한국 동란이 배후 교사범으로서 더 큰 역할을 했으리란 건 나이가 들면서 더욱 확실히 알게 된다. 사변중에 인민군한테 끌려갔다가 심한 고문을 받고 구덩이에 묻히기 일보 직전에 살아 돌아온 일로 남한 정부의 끈질긴 추궁을 받게 된다. 일체의 붉은 서적들은 압수되고, 교직에서 쫓겨난 그는 수시로 불려다니며 곤욕을 치루는데, 그 즈음 형사들의 급작스런 가택 수색은 일상적인 풍경으로 내 기억에 남아 있다.

조용하기 그지없던 사람이 헛소리를 망발하고 극단적인 행동을 서슴지 않게 된 건 그때부터였으리라. 도끼로 손가락을 자른 사건 역시 그가 당한 극심한 고문과 깊은 관계가 있으리라. 그는 그 즈음 사흘돌이로 집을 나갔다가 어느 낯선 마을의 파출소로부터 연락을 받은 가족들한테 붙들려오곤 했다는데, '나는 빨갱이다'를 무슨 염불처럼 외며 다녔다고도 하니, 남북 정권을 향한 혐오는 어느 정도였는지 짐작이 간다. 내가 실제로 목격한 장면이 한 가지 있다. 등허리에 마구 빨간 칠을 해놓은 야전 점퍼 내피(內皮) 차림으로 '대한민국 만세!'를 외치며 동네 조무래기들을 졸졸 달고 다니던 장면이 그것이다.

왜 하필 오른손 엄지인가? 진화론적으로 보자면 인류가 다른 영장류와 구별되는 중요한 신체적 특징이 있는데, 딴 영장류들에 비해 엄지 손가락이 길게 발달했다는 게 그것일 것이다. 엄지손가락이 길어야 연장을 쥐기 쉽고 글씨든 그림이든 그릴 수가 있다. 다른 동물들은 말할 것도 없고, 원숭이나 침팬지도 엄지손가락이 짧아 도구를 발달시키지 못했다.

인간이 이룩한 문명은 모두 다 이 엄지손가락에서 나왔다…… 엄지손가락은 특히 문자 문명과 예술의 발달에는 필수적이다. 그가 엄지손가락을, 그것도 왼손 엄지가 아닌 오른손 엄지를 포기하기로 한 것은 바로 이 문자 행위와 예술 행위의 포기를 의미하는 것이 아니었을까? 식자 우환(識字憂患)이란 단어 하나로 그의 고민에 찬 괴팍한 행위를 다 설명하고도 남음이 있을 것이다. 그가 일생토록 써 모은 산문들과 시들을 다 태워버린 것도 그 고상한 생활들과는 영원히 결별하리라는 단호한 결심에서였으리라. 그가 집을 나가 영영 돌아오지 않은 건 도끼 사건이 나고 그리 오래지 않아서라고 짐작된다.

떵떵거리던 집안이 놋숟가락이니 기둥시계니 밥솥까지 다 팔아서 곡식을 구해 오리만큼 극빈으로 곤두박질치기까지는 그리 긴 시일이 걸리지 않는다. 여기에는 전적으로 어머니의 와병에 책임이 있다. 시설 좋은 미 해군 병원 입원실에서 동네 어귀의 조그만 병원으로, 거기서 다시 꾀죄죄한 한약방으로, 푸닥거리하는 무당집으로, 이윽고는 동네 약방에서 외상으로 약을 가져다 먹는 처지로……. 불과 칠팔 년 만에 호상(豪商)의 위치로부터 난장에 고춧가루 함지를 펼쳐놓고 생활을 구걸해야 하는 극빈자로 전락하게 되었던 것이다.

그 이후 친척들에게선 그를 보았다는 소식이 이따금씩 들려오긴 하지만 때는 이미 집안이 궁핍으로 치달아 이 형님의 행방 따위에는 더 이상 신경을 쓸 처지가 못 된다. 남아 있는 가족들에겐 집 나간 가족을 찾아오는 일보다 그날그날 끼니를 해결하고 목숨을 부지하는 일이 더 시급했기 때문이다.

그러다 하루는 우리가 살고 있는 산동네 부근을 지나가는 그를 우연히 발견하게 된다. 동료 걸인과 함께 회갈색 동냥자루를 메고 동네 공터를 지나가는 그를 발견한 건 딴 사람이 아니고 하필 나였다. 벙거지를 눌러 썼기에 처음엔 긴가민가했다. 그는 허름한 점퍼에다 요즘으로 치면 통일화 비슷한 헝겊 신발을 신고 있었다. 그는 아마도 곡식을 동냥하러 공터 귀퉁이의 쌀가게로 들어간 듯싶다.

가슴이 방망이질치고 있었다. 염치를 무릅쓰고 동냥하고 나오는 두 걸인에게 다가갔다. 그는 이미 장성해 버린 동생을 못 알아보는 듯했다. 아니, 짐짓 그런 척한 건

지 아니면 정말 못 알아보는지 그건 알 수 없었다. 그는 멀뚱한 눈으로 나를 바라본 뒤 먼산만 쳐다볼 별 말이 없었다.

그 어색하고도 진땀나는 순간을 어떻게 모면해서 집안으로 그를 데리고 들어왔던지 지금은 기억에 없다. 그를 집안으로 데리고 들어왔을 때 아버지 어머니의 반가워하던 모습을 아직까지도 잊을 수 없다.

그런데 더더욱 잊을 수 없는 건 그의 그 묘한 표정이다. 그의 얼굴에는 반가움은커녕 그 어떤 감정도 담겨 있지 않았다. 그는 우리에 갇힌 동물원의 야생 짐승 같은 눈초리를 하고 있었다. 그의 가출에 간접적인 원인 제공자로서 죄책감마저 갖고 있을 어머니의 좀 과장되게 반가워하던 모습은 지금도 생생하게 떠오른다.

"야아 야, 이게 누고? 우찌 된 것고? 시상에! 영아 이놈아, 날 알아보것나? 니 에미다 이놈아 에미여…… 완아, 날래 가서 쌀 한 되 얻어오니라. 올라올 때 두부집에 가서 비지도 한 모 얻어오고. 하이구, 얼마나 배를 곯았을꼬."

어머니는 눈물을 많이도 흘렸다. 아버지는 억장이 막

히는지 말도 옳게 못하고 "저놈이, 저 빌어묵을 놈의 자석이……"를 연발하면서 부엌에만 갇혀 불을 때고 있었다. 그리고 그때 이미 광증 말기 증세를 보이고 있던 둘째형님의 안절부절 못하던 모습이라니. 그는 몸을 부들부들 떨며 이 방 저 방을 왔다갔다하면서 소주병만 찾고 있었던가. 이 역사적인 만남은 우리 식구들에게 갖가지 무늬의 착잡한 감정들을 불러일으키기에 족했다.

큰 솥에다 물을 데워 그의 옷을 벗기고 물을 끼얹어 몸을 씻긴 건 아버지였다. 아버지는 형님을 부엌으로 불러내려 겉옷을 벗기고 커다란 알루미늄 함지에다 들어앉혔다. 요즘으로 치면 소위 '트렁크형 팬츠'라 불리는, 땟국으로 절은 그 회갈색 사각 팬티가 인상적으로 기억에 남아 있다. 그는 아버지가 시키는 대로 고분고분 물을 둘러쓰고 있었다. 이윽고 옷을 말끔히 갈아입힌 그를 방 한가운데에다 앉혀놓았는데, 낯설다는 표정 말고는 그 어떤 표정도 그는 내보인 일이 없다. 자신이 뿌린 씨앗이자 내 조카들인 두 자식에 대해서, 그리고 그의 아내인 내 형수에 대해서 일언반구 관심을 내보이지 않던 것도 참 희한한 일이었다. 심지어 아버지마저 못 알아보겠

다는 얼굴이었다. 보다 못한 아버지가 그의 멱살을 붙들고 늘어지며,

"이놈아. 이 불효 막심한 놈이 지 애비마저 몰라보다이. 예라이 이 호로자석아!"

형님의 뺨을 이리저리 때리면서 포효하던 장면이 기억난다.

그때 마악 문학에 발을 들여놓던 무렵이던 내가 이런 질문을 했던 기억이 난다.

"혹시 김동인, 이광수란 사람을 아는가요?"

멀뚱거리며 내 얼굴을 무심히 바라보던 그는 부처 같은 미소를 머금으며 고개를 저었다. 나는 그들이 쓴 작품들을 열거하며 이래도 생각이 안 나는가고 거듭 물어댔다. 그는 한참 만에야 어렵사리 입을 뗐는데, 무슨무슨 시골 파출소니 면사무소를 들먹이던 기억이 난다.

원래 시를 쓰던 사람이라서 소설가 이름을 모르는 것일까 하여 미당(未堂)이니 정지용, 김기림 같은 이들을 열거해 보인다. 그는 한동안 골머리를 싸매고 끙끙거리더니 동문 서답을 해댄다.

"고, 고, 고향 가면…… 글쎄…… 국밥을 하는 집이

있는데…… 팔이, 팔이 쑤시고…… 오데 대합실에 표 끊는데…….”

순간 나는 그가 우리 가족들을 눙치고 있을지도 모른다는 생각이 들어 포기해 버렸다.

외상쌀 얻어다가 따슨 밥 해서 잘 먹인 뒤 동료 걸인을 타일러서 먼저 내보냈다. 산동네엔 곧 어둠이 내렸다. 그가 어떻게 눈 깜짝할 사이에 그리도 쉽게 집을 빠져 달아나버렸던지…… 갈아입혔던 새옷은 주인집 변소간에서 발견되었다. 그는 원래 입고 왔던 헌옷으로 갈아입고 아무도 모르게 주인집 대문 밖으로 사라져버린 것이다. 아버지의 얼굴에 실리던 낭패감이란…….

"이 망할 노무 자석이! 오냐 이놈아. 기어이 지 에미애비 가슴에 못을 박는구나. 하룻밤도 안 자고 도망을 가? 시상에 이런 호로자석이 있나."

그러나 실인즉 어머니에게나 아버지에게나, 그리고 이제 마악 철이 들기 시작한 나와 내 동생들에게나, 식객 하나가 제발로 사라져주었다는 데서 생기는 그 안도감…… 아마 그는 우리와 함께 기거하게 되었더라면 구박에 구박을 받다가 결국은 열흘도 못 가서 내쫓겼으리라.

본적지의 산기슭 거적때기로 둘러친 움막에서 맏형이 아직 멀쩡한 나이로 병사했다는 소식을 전해 준 건 사촌들이던가. 그때는 집안이 풍비 박산이라 화장할 돈도, 묘를 쓸 돈도 없어, 고향의 친지들로 하여금 대충대충 처리하게 했으리라.

7

 며칠간 쉬엄쉬엄 내리던 눈발이 수그러들고 코끝이 찡한 날씨가 이어졌다. 집 나간 뒷방 양반은 소식 불통이고, 집주인도 나도 얼마간 탈진 상태였다. 그를 보았다는 사람이 없지도 않았다. 목 너머 마을 사람들의 목격담에 따르면 푸르스름한 맹꽁이 배낭을 매고 임계 정선으로 갈라지는 삼거리에서 버스를 기다리는 것 같더라던데, 아무튼 그 양반이 한 장소에 꼼짝없이 머물러 있을 리 만무였다. 눈으로 뒤덮인 이 광막한 고산 지대에서, 어디서부터 어떻게 손을 써야 할지 도무지 난감했다. 사람 찾기는 대엿새 내리 이어졌다.
 "이 세상에 남은 동기간이라고는 지하고 나밖에 없는

데. 말도 옳게 못하고, 길도 옳게 몬 찾는 이 불쌍한 인간이. 어릴 때 병이라도 들어서 고만 죽어버렸더라면 저도 이 고상은 면했을 낀데. 아이, 시상에, 집에다 연락을 해줘얄 것 아니가, 연락은. 빌어먹을 놈의 멍청잉, 바보, 머저리! 시상에 이런 병신이 있나."

박씨는 찔끔찔끔 흘러내리는 눈물을 몽당 팔로 찍어내며 쉬임없이 주문처럼 외워댔다.

"눈구덩이에 처박혀 얼어 죽지나 말아얄 낀데. 허이고, 이 추운 날씨에 이 불쌍한 인간이! 술이나 퍼마시고 길바닥에 나자빠지면 꼼짝없이 얼어 죽을 날씬데. 어데서 찾아 어데서, 이 인간을."

"그러믄요. 찾고 말고요. 얼어 죽을 사람이 아니에요."

아무 책임감 없이 그렇게 대꾸하곤 하는 나 자신이 왜 그리 싫은지 몰랐다.

조단면에서 당산으로, 당산에서 마지미골로, 친척들이 많이 모여 사는 동짓재며 한터로…… 그러나 별무소득이었다. 각 고들의 파출소란 파출소, 새마을 회관, 노인들이 모여 장기판이나 화투판을 벌여놓은 가겟방, 사람이 많이 모이는 장터 거리, 고갯길 어름의 외딴 사당터,

묘지 부근, 혹시라도 싶어 길갓집의 변소간이나 헛간, 인가와는 외따로 떨어진 골짜기, 심지어는 그가 몇 년 전에 일을 해주고 새경을 못 받아왔다던 저 멀리 정선의 아무개 집까지 다 돌아다녀 보았다.

  소한 대한을 지난 지도 여러 날이었다. 주인 내외는 겨울이 다 지나 날씨가 완전히 풀릴 때까지 자기 집에 머물러 있으리라 생각해 온 모양이었다. 영동 지방과는 달리 대관령 이쪽 지방은 입춘 구정을 지나서야 본격적으로 눈이 내린다는데, 날씨가 풀릴 때까지 눌러지낸다는 건 아내한테나 나 자신에게나 너무 염치없는 짓이었다. 이웃들에 껴묻어 고스톱판에도 끼여들곤 하면서 연일 마셔댄 나머지 심신은 쪼그라들고 건강은 더 망가졌으며, 이제 더 이상 두메산골에 파묻혀 새로운 계책을 도모한다는 건 무리였다. 엎어지나 깨어지나 어떻든 서울로 돌아가야 했다. 돌아가봐야 무엇이 기다리고 있을지……. 두 달 남짓 머문 지금, 떠나올 때와 달라진 조건은 한 가지도 없었다.

  아무래도 서울 집으로 돌아가야겠으며, 올 가을쯤에나 한번 다녀가게 될지도 모르겠다고 운을 뗐을 때 집주인 부부는 대단히 실망한 눈치였다.

"설 쉰 지도 며칠 안 되는데 벌써 간단 말이우? 날씨 풀리면 가신다 그랬잖우?"

"사정이 생겨서요. 그래두 이달 보름까진 있게 될걸요."

"이달 보름이라면 열흘도 안 남았잖소. 더 기시다 날씨나 풀리면 가요."

"죄송하게 됐군요."

어떻든 가긴 가야 했다. 죽이 되든 밥이 되든, 현실에 달라붙어 처자식을 돌볼 일이 코앞으로 바짝 다가와 있었다.

노룻재상회에서 오가 베풀어준 송별회를 끝내고 돌아오는 길이었다.

방으로 들어가기 전에 잠시 마당을 어정거렸다. 양주는 잠이 들었는지 안방은 쩩소리 없이 조용했다. 끙끙거리며 구두코를 핥아대던 어미 도사견도 맹추위에 질렸는지 일단 제 집으로 들어간 뒤로는 꼼짝하지 않았다. 코끝을 베어갈 만치 바깥이 춥기는 하지만 이대로 잠자리에 들기에는 좀 어정쩡한 기분이었다.

대문 밖으로 나간다. 눈 덮인 마을이 한눈에 들어온다. 이제 하룻밤만 자고 나면 내게서 영영 멀어져갈 마을······. 노릇재상회는 그새 깜깜해졌고, 허옇게 얼어붙은 개울은 번쩍이는 백설탕 가루를 휘말아 올리고 있었다. 고원 지대를 할퀴고 가는 바람 소리는 맵차기 그지없고, 마을은 휘푸른 빙하 속에 갇혀 소리 없이 흐껴 울고 있었다.

마당으로 되돌아와 외양간으로 다가갔다. 금세라도 뒷방 양반이 '어유 씨' 투덜거리며 밖으로 튀어나올 것만 같았다. 문을 잡아당기자 잠에 빠져 널브러진 소들의 고른 숨소리가 몰려나왔다. 이 눈먼 것들······ 너희 주인이 이 추위에 길을 잃고 헤매고 있을지도 모르는데, 너희들은 잘도 자는구나.

방으로 들어와 버석거리는 방한복 바지를 벗고 한복 솜바지로 갈아입었다. 두꺼운 등산용 양말을 신고 그 속으로 한복 바짓단을 말아넣어 여몄다. 이부자리 밑으로 손을 넣어 충분한 온기를 확인한 뒤 재킷을 벗고 이부자리 속으로 몸을 밀어넣었다. 잠시 후 외양간으로부터 소의 궁둥짝을 후려갈기며 이려 쯧쯧 이려! 외치는 소리가 벽을 타넘어왔다.

취침용 꼬마전구 스위치를 켜고 형광등을 꺼버리고 나서도 한동안 잠을 이루지 못하고 뒤척였다. 노릇재상회에선 그토록 질펀하게 마시고, 이웃들과 어깨동무해서 방바닥을 쿵쿵 짓찧고 손뼉 장단을 맞추며 신명나는 축제를 벌이기도 했건만, 술기운이 미진한 것일까 싶게도 심사는 아리송하고 영 잠이 올 것 같지 않은 기분이었다.

"이봐요, 거른방! 거른방 선상님! 아직 안 주무시우?"

하는 주인 박씨 목소리가 들려왔을 때, 나는 짐 정리를 간단히 끝내고 담배를 피운 뒤 방문을 열어 환기를 시키려던 참이었다.

"아이구, 아저씨두 아직 안 주무셨네. 저두 금방 들어왔어요."

"잠이 들랑말랑하다가 우리 개 짖는 소리에 깼지요 뭐."

안방문이 슬그머니 열리며 소주 냄새 묻은 꺼끌거리는 목소리가 한결 가까워졌다.

"몇 시나 됐는고? 오상열이 집에 갔다 오는 길이신가."

"가겟방에서 마시고 오는 길이에요. 오형이랑 지금 헤어졌어요. 송별회를 열어준다고 해서……."
"송별회? 뭔 송별회?"
목소리가 몇 단계 훌쩍 뛰어올랐다.
"아 참, 그 얘길 못 드렸군요."
"아니, 누구 송별회?"
저 완고한 주인을 어떻게 설득시키나…… 근심거리가 바야흐로 코앞에 박두해 있었다.
"아이, 송별회가 별건가. 우리 집에서 안 하고 꼭 거어가서 할 게 뭐람. 허허, 그 집에 꿀이 발렸나?"
저 음험한 웃음소리…… 자세한 내막을 알고 저러는 건가 싶게 이상하게도 가시 돋친 목소리로 들렸고, 왠지 오늘은 그 방으로 건너가고 싶지 않다고 나는 속으로 생각했다.
딴 집에 모여 마시는 걸 은근히 섭섭해하는 주인임을 모를 리 없는 나였으므로 오히려 역으로 치고 나갔다.
"송별회나 하십시다. 안 주무시려거든 이 방으로 오시지요, 아예."
"술이 있어요?"

주인은 귀가 번쩍 뜨이는 모양이었다.

"예. 좀 남았어요. 그저께 오형이 갖다놓은 술인데."

마루로 몸을 내려놓는 꿍 소리가 들렸는가 하자, 참으로 눈 깜짝할 사이에 몽땅한 부대자루가 내 방문 앞으로 다잡아들였다. 비쭉거리며 곤두선 머릿칼, 깜깜칠흑 속에서 유난히 반득이는 야광 표지등 같은 눈초리. 사람이 아니라 숫제 유령의 몰골이었다.

방문턱에 걸려 넘어지면서 우격다짐으로 밀고 들어온 그는 의심에 가득한 눈초리로 내 방의 물건들을 샅샅이 뒤지고 있었다. 옷가지며 책들을 차곡차곡 넣어놓고는 아직 지퍼를 채우지 않은 트렁크 아가리를 향해 그는 눈총을 퍼부어대고 있었다.

"선상님, 내일 떠나신다면서요?"

이윽고 사람의 심장을 헤집고 드는 매서운 눈초리가 내게로 와 멎었다.

"참, 미리 말씀드리지 못해 죄송하구만요. 집사람한테서 갑자기 연락을 받았어요. 집에 급한 일이 생겼어요. 내일 오전에 출발할까 해요."

"아이, 그렇게 갑작시리? 이레 갑자기 떠난단 말이우?"

"오늘 집사람이랑 통화를 했지요. 출판사에서 집으로 직접 사람을 보내왔다는데……."

거짓말이 술술 잘도 나왔다. 웬만해서는 전화로 사람을 불러내릴 아내가 아니었고 출판사 운운은 얼토당토않은 핑계였다.

요 며칠간 당신 형님을 찾아 헤매고 다닌 결과, 그 피로가 내 결심을 부추긴 거라고 이실직고할 수는 없는 일이었다. 곳곳의 눈과 빙판, 벼랑 끝에서의 아슬아슬한 추락 사고 위험을 무릅쓰고, 선술집의 살얼음진 깍두기 쪼가리와 한 잔 술로 추위와 허기를 달래며, 정선의 그 깊은 두메마을에서는 차가 고장이 나서 꼼짝도 못하고 반나절을 갇혀 있기도 하면서, 그리고 무엇보다도 끊임없이 뱉어내는 이 양반의 그 타령조 신세 한탄…… 나는 좀 질려 있었다.

"이달 보름께나 가신다 그랬잖우? 나한텐 일언반구두 없이. 아이, 시상에 이런 법이 어디 있단 말가. 정말 내일 가는 거라? 어떠 그레 갑자기 그럴 수가 있소."

거친 동작으로 술을 따라 마시면서 그는 신경질을 내고 있었다.

"하루이틀 늦을 수도 있지만 그래도 내일 출발하는 게 좋을 것 같아요."

"아이, 우리두 맘의 준빌 해얄 거 아니우. 이레 베락같이 가시면 어떡허우."

아직 집 나간 형님을 찾지도 못했는데, 이 어수선한 형편을 내 몰라라 하고 가버린단 말이지,라고 그는 말하고 싶어하는 듯했다.

"그동안 폐만 끼쳐디렸는데 갚음도 못하고. 송별회는 우리가 열어디레야 하는데. 우린 선상님을 한 집안 식구로 알았지 넘이라 생각해 본 일은 한 번도 없어요. 정말이우. 거짓말이면 내 손에 장을 지지지."

"저두 한 식구로 알고 지내왔어요. 아무 연고도 없는 객지 사람한테 방 빌려주시구, 끼니 때마다 신경 써주시느라 그동안 정말 애쓰셨지요."

어떻게든 이 순간만을 모면하고 싶은 마음에서 나도 제법 입에 발린 소리를 내뱉고 있었다.

"정말 가실라? 내일? 꼭 내일이라?"

"예."

"으음."

"아침 먹고 곧바로 출발할 겁니다."

그의 얼굴은 완전히 흙탕물 빛깔로 변했다.

"꼭 가시것다?"

"예."

"흐음…… 끙."

그 몇 마디로 하여 그와 나 사이에는 얼음장 같은 장벽이 가로놓였다. 그의 눈자위가 새하얗게 돌아서며 입끝이 바르르 떨렸다.

"그러지 말고 나랑 살아요, 여기서."

그는 배신감을 노골적으로 드러내 보였다.

"아, 그건 좀."

"나랑 몬 살 게 뭐이 있어. 여기두 사람 사는 동네라요. 선상은 내 집을 외양간마냥 생각하고 있지나 않은지 모르지만 사람 사는 기 별건가."

"설마."

"내일 떠난다고? 어디 멋대로 떠나보시라지. 그럴 순 없지. 이 짐 이거 도로 풀어요, 얼릉!"

"아아, 이러지 마십쇼."

그러자 그가 내 손을 탁 뿌리치며 천장을 향해 펄쩍 뛰어올랐다.

"선상, 내 성이 장개를 세 번씩이나 간 사람인 거 아시지?"

점점 형세 불리하게 되는구나……. 바깥으로 도망칠 기회만 호시탐탐 노리던 나는, 아니지, 지금은 눈이 한창 내리고 있지라고 읊조리며 갖은 꾀를 내기에 바빠졌다.

"잠깐. 잠깐만 기다립쇼."

플라스틱 물병과 랜턴을 들고 부엌으로 나갔다. 랜턴 불빛 속에서 잿빛 암코양이의 소름 끼치는 안광이 옭혀들었다. 모터 스위치를 올리고 수도를 틀어 주전자에다 물을 채우고 들어오는데 음험한 목소리가 뒤통수를 쳤다.

"선상, 왜 그리 안절부절이신가? 내가 그른 말 했나."

"아이구."

도망쳐버릴 걸 왜 다시 들어왔을까…….

"내 성은 장개를 세 번씩이나 갔어. 알아 몰라?"

"예, 알고 말고요."

"그래 어데 한번 대답해 봐요. 선상은 대답할 의무가 있지."

나무 망치를 든 판사 같은 그의 태도에 짓눌려 내 목소리는 모기 소리만해졌다.

"예 예, 여부 있습니까. 대답하고 말굽쇼. 첫 번째는 무당이 데려가 기른 수양딸로서 앉은뱅이였습지요. 밥은 지을 수 있지만 일일이 형님이 수발을 해주지 않으면 안 되었어요. 형님은 장가든 지 반 년도 못 되어 보따리만 달랑 들고 되돌아왔지요."

"알긴 아는구만. 두 번째 여자는?"

"두 번째는…… 두 번째는 다리가 짧고 몸이 비대한 여자였어요. 얼마나 비만인지 걸음을 걸을 때 오금이 잘 떨어지지 않고 자기 발이 보이지 않을 정도였지요. 뚱뚱해서 몸을 구부리지 못하니 아궁이에 불을 때거나 밥 짓는 일을 할 수가 없었지요. 남자가 밥을 해다 갖다 바치자니 여간찮은 고역이라 그 여자와도 얼마 못 살고 헤어져버렸지요. 지금 뒷방에 함께 살고 있는 여자가 세 번째 여자지요."

"그래 그래, 잘한다 잘해."

무슨 변덕이 났던지 그는 고향약단 지휘자같이 몽당팔을 휘두르며 내 얘기의 바통을 이어받아 타령조를 읊어대기 시작했다.

"하이구, 말 마소 말 말아. 선상, 저 바보 멍청이 헹님이 말이야, 두 번째 여자랑 헤어지고 나서도 장개 안 보내준다고 날마다 술을 되우 퍼마시구 들어와설랑 을마나 깡짜를 부렸는지 알아? 일도 않고 맨날 술만 퍼마시고 댕김서 사람을 들들들 볶는데 당해 낼 수가 있어야지. 술만 취하면 밭에 나가서는 작물을 마카 지근지근 밟아놓지를 않나, 온 방안에다가 생똥을 싸놓지를 않나. 그르믄 두 번이나 보내준 장개는 뭐이더냐고 따질라치면 저 양반 하는 말이 걸작이지. 지는 멀쩡한 여자 데리고 살면서 자긴 병신만 얻어준다고 말이야. 하이구, 말 마소 말 말아. 장개, 장개, 그놈의 장개 안 보내준다는 기 노래였다니깐."

타령조는 계속되었다.

"그래 말이우, 하는 수 없이 또 이 마실 저 마실 다니면서 수소문했지. 가는 데마다 거절당했다우. 결혼을 두 번이나 한 반편 사내한테 들어와 살겠다는 사람이 얼릉 나서야지. 하여튼 이리저리 연줄을 놔서 간신히 구한 여자가 지금 저 형수라요. 집안이 워낙 좋은 여자래요. 충청도 괴산 일대선 알아주는 부잣집 딸이지. 경찰서장 하는 오빠가 있고 오빠 하나는 의사야. 우리네하곤 비교도 안 되는 가문인데, 여동생이라고 딱 하나 있는 기 태어날 때부터 저 꼬락서니니 그 집안에서는 우환 덩어리였단 말이오."

"잠깐."

"왜 그렁?"

그런데 왜 그는 내게 이토록 길게 늘어놓는 것일까 싶었지만 그의 옹고집을 잘 아는지라 그만두게 할 수도 없었다.

"아, 아무것도 아니에요. 계속하십쇼."

"그 집에선 처음에 논밭 마지기 넉넉히 얹어서 가난뱅이 청년한테 시집을 보냈다오. 거어 가서 딸을 하나 낳았지. 몇 년 함께 살더니 사내녀석은 애까지 낳고는 이 여자를 내쫓았다오. 생각하면 불쌍한 여자지. 서울이다 대전이다 돌아다니면서 여자의 오빠들을 만났지. 암것두 필요없고 빈손으로 들어와도 좋다. 펭생토록 멕이고 입히는 건 동생인 내가 책임을 지겠다고 했더니 승낙했어. 시방 이 여자하고는 그럭저럭 한 이십 년 별탈 없이 살고 있지……. 그레 어려운 형편을 거쳐온 불쌍한 양반이란 말이오."

그가 꿀짝 침을 삼키는 소리가 온 방안을 진동시켰다. 그가 다그쳤다.

"선상, 이래도 혼자 내뺄 심산이우?"

그렇지, 본심이 그거였겠지, 그래야 당신 속이 풀리겠지, 옳지 옳지 잘하는 짓이다 하고 맞장구질치면서도 어떻든 나는 이 방 천장을 박차고 날아올라 밖으로 빠져 달아날 궁리에만 골몰해 있었다.

"그렇다면 선상, 선상의 어미는 사지가 옳은 사람이었나 어쨌나 그것부터 말해 봐."

"아, 물론. 지금은 그 얘긴 하고 싶지 않아요."

하고 나는 그의 그 희번덕이는 야수의 눈초리를 애써 외면하며 짜증스레 대꾸했다.

"당신 어머니두 몸을 몬 쓰는 반신 불수였지 않아? 관절염을 이십 년이나 앓다 돌아가셨지?"

"그렇긴 합니다만."

"등잔 밑이 어둡다더니 젠장할."

이어 그는 벌떡 몸을 일으켜 세워 벼락같이 고함을 질렀다.

"네 이놈, 내 성 엇따 감췄어? 말해 봐. 말해 보라구!"

그가 이렇게 나오리라고 진작부터 마음의 준비를 하고 있었던지라 나도 지지 않고 대들었다.

"무슨 소릴! 이봐요, 지금 와서 무얼 갖고 미주알고주알하는 거요? 당신은 당신 하는 일이나 똑바로 해요. 댁의 형님은 댁의 사정으로 집을 뛰쳐나간 거란 말이오. 임자 없는 무덤이 어딨으며, 전생이 없는 현재가 어디 있겠소?"

이런 경우 내가 굽히고 들면 저쪽은 더 기가 나서 덤벼들 거였다.

"되지두 않는 소린 집어치워. 전생 겉은 거 난 몰라. 책임은 선상한테 있다. 넌 배운 인간이니 그 이유를 누구보다도 잘 알아."

"신 것은 시고 단 것은 달다……"

"얼씨구. 입은 비뚤어져도 말은 바로 하네."

"산은 산이고 술은 술이다."

"예라이! 이 나이 되도록 겨우 고것밖에 몬 깨우쳤느냐?"

"자업자득이다."

"시끄러워. 너 이놈, 이 약삭빠른 놈. 운신도 못하는 날더러 난장에서 고춧가루 함지나 벌여놓게 해설랑 이 고상을 시켜? 날 귀찮은 짐짝마냥 여기더니 기어이 도망을 가겠다구? 내 성 내와. 그렇지 않으면 여언 떠날 수 없어. 절대로."

"제발 그러지 말아요. 그건 억지나 마찬가지요. 내일 아침 먹고 곧바로 서울로 가야 해요."

"그건 좀 곤란할걸. 아암, 안 되고말고."

싸리비로 마당의 눈을 쓸어낸 뒤 장작을 패고 있을 때 그가 우쭐거리며 다가왔다. 몽당 팔에는 몽당 숟가락이 쥐어져 있었다. 그건 날카로운 무기나 마찬가지였다. 그가 그걸 치켜들고 위협조로 말했다.

"선상, 거 당신은 잘 먹고 잘살지. 내 다 알아. 마음 고상을 했다고? 거짓말하지 말어."

"아니, 난 진정으로 당신의 고통을 생각하고 당신이 몸을 못 쓰니까 장작을 대신 패주는 겁니다."

하고 도끼 자루를 내밀어 보이며 나는 다소 어눌하게 항의했다.

"당신은 처자식이 없어? 왜 허구헌날 이런 산골짜기

에 와설랑 넘의 일을 이래라 저래라 하는 거야?"

"난 한 번도 이래라 저래라 한 적이 없소."

"쳇, 되우 심심한가 보구나."

지팡이에 의지한 어머니가 고춧가루 함지를 메고 낑낑거리며 산비탈을 올라오고 있었다. 우리의 이런 광경을 보더니 에익 몹쓸 놈, 배은망덕한 놈 같으니라구! 소리치며 지팡이로 내 등을 호되게 내리쳤다. 아내가 달려나와 내 팔을 끌고 남의 집 문간으로 밀어넣었다.

"맹세코! 난 절대로 이래라 저래라 한 적이 없소."

"내 모를 줄 알구? 당신은 어저께두 말이야. 내 방에 들어와설랑 내 권속들의 역사를 뒤져보고 허튼 소릴 지껄이지 않았으냐고. 선상은 어저께 보니깐 조단 농협의 처녀한테 가설랑 수다를 떨며 한창 재미를 보고 돌아온 모냥이던데."

"그건 오해예요. 설사 그렇게 하더라도 그런 건 별문제가 아니지요."

"왜 아니야, 왜? 난 시방 아파서 다 죽어가고 집안은 썰렁하게 비었는데. 느 성이 쥐한테 쥐어뜯겨 고리짝에 실레나가도 모른 체한단 말이지."

따라오지 말라, 따라오지 말라 하고 나는 연신 속으로 주문을 외웠는데도 그는 기우뚱거리며 외양간으로 꾸역꾸역 잘도 뒤따라 들어왔다. 애간장이 녹는 웃음을 지어 보이며 귀가 간지러우리만치 바짝 가까이서 그가 소곤댔다.

 "선상, 나 시방 시내 병원으로 좀 데레다주겐? 삭신이 쑤셔서 토옹 잠이 안 와."

 "아니, 눈이 이리 퍼붓는데 K시까지 어떻게 간단 말입니까?"

 "눈이 뭐이가 우째?"

 "바같은 지금 온통 눈보라가 치는뎁쇼. 눈이 쌓여 차가 빠져나갈 수가 없는걸요."

 "에이, 거 뭔 쓸데없는 소리. 아까는 조단 농협엘 잘도 댕겨오지 않았어? 핑계도 좋구나. 차가 시동이 안 걸리면 업어서라도 데레다주면 될 거 아니야? 설마 날 여기다 짐짝처럼 팽개쳐둘 생각은 아니겠지."

 하는 수 없이 나는 등을 돌려댔다. 내 목에 무등을 탄 그가 이랴 쯧쯧 이랴 하고 채찍을 휘둘렀다. 그러나 미리부터 겁을 집어먹은 내 몸뚱이는 옴짝달싹 않고 있었다. 말뚝 같은 데 꽉 붙들어매인 게 아닐까 싶어 가슴이 철렁 내려앉았다. 이 무거운 멍에를 짊어지고 저 눈보라 속을 내달리자면 내 몸이 축이 나리라 지레 겁을 집어먹은 마음이 미리부터 말뚝 같은 걸 발명해 내는지도 모를 일이었다.

하여 나는 꾀를 내어 헐벗어 뼈가 앙상한 소를 끌어와 그 앞에 대령했다.

"이걸 타고 가십시다."

"하아, 고얀 일이로고."

희푸른 별빛이 쏟아지는 눈 쌓인 언덕을 따라 굴러내릴 제, 고지(高地)의 고압선을 훑고 가는 그 쌩 하니 매운 밤바람 소리. 이랴 쯧쯧 이랴. 나는 쌩쌩 달린다고 달리고는 있었지만 우리가 탄 소는 무척도 느리게 굼벵이 걸음으로 가고 있었다. 골짜기에 쌓인 눈이 밀어닥치는 바람에 나동그라지기도 수차례였다. 원래 무거운 등짐 지고 가는 자에겐 길을 가로막는 장애도 많은 법. 소가 지쳐 고꾸라져도 주인은 번번이 내 탓이었다.

노루목 삼거리를 지나가는데 담뱃집에서 운전자 없는 경운기 한 대가 별빛을 가르며 덜컹덜컹 기어나오고 있었다.

"안 되겠어 선상. 요놈의 소는 엉뎅이가 배겨서 도무지 못 쓰겠구나. 저 집 헛간에 뭐이가 있나 가보자."

눈바람에 밀리고 희푸른 별빛에 떨며 처음 들어가본 담뱃집 헛간은 고추 말리는 매운 냄새 때문에 재채기가 터져 나왔다.

"구해 주시오. 우릴 제발 좀 태워주시오."

반대머리 그 집주인 남자는 고추 발리던 손을 멈추고 멀뚱한 시선으로 우리를 바라보더니 아무 말 없이 헛간을 나가버렸다. 돼지들이 소리를 지르며 울타리를 박차고 밖으로 달아났다.

"천천히 가자. 팔이 쑤셔서 몬 살겠어."

그는 몽당 숟가락으로 내 등짝을 쉴새없이 쑤셔댔다.

대체 여기는 어디인가? 아아, 추위는 바로 바깥에서 우리를 물어뜯기 위해 호시탐탐 노리고 있고, K시의 병원으로 가자면 골짜기를 몇 개나 건너야 하는데, 운반수단을 잃은 나는 이 번거로운 짐짝을 과연 어떻게 처리해야 할 것인가?

8

 처자식을 데리고 설악산을 다녀오던 길에 심심산골의 그 귀틀집을 다시 들른 건 이듬해 봄이다. 고원 지대 곳곳에는 감자꽃이 하얗게 피어 있었다. 아무리 그래도 그렇지 어째 그런 산골까지의 이상한 집에서 두 달 넘게 지낼 수 있었겠느냐며 의아해한 건 두 아이들이다. 아이들은 그 집 변소를 보더니 기겁을 했다.
 하는 수 없이 오형네 집에 가서 하룻밤 신세를 지고 나왔다. 오는 그해에는 작물을 바꿔 감자 채종포를 했는데, 전국적으로 감자 작황들이 너무 좋아 걱정이란 거였다. 집주인 박씨도 그 아내도 모두 무사무사 잘 살아가고 있었다. 가겟방 주인 내외, 외양간을 지키던 도사견,

닭장, 쇠똥이 수북히 쌓인 외양간 앞마당, 장독간 여기저기 어질러진 나무 토막이며 부러진 도끼 자루도 예전 모습 그대로였다.

뒷방 사내는 오의 감자밭에서 묵묵히 농약 치는 일을 거들고 있었다. 더부룩하던 머리숱은 많이 짧아졌으나 수염만은 예전 그대로였다. 다가가 담배를 권하자 그는 간단한 한두 마디로 반가움을 처리했을 뿐이다.

"잘 지내셨지요? 감자가 잘됐네요. 감자꽃이 아주 보기 좋은데."

"어유 씨…… 카, 가, 감자…… 히."

예의를 차리느라고 그는 모자를 꺼내리고 마스크를 벗었다. 머쓱하고 반가울 때 철사 토막같이 꼬부린 그 좁은 눈을 마주 붙여 웃는 것도 옛 모습 그대로였다.

"아, 이 파이프는 새로 만든 건가요? 근사한데요."

"느, 느티낭구…… 베다가…… 손 다쳤사…… 피가…… 어유 씨."

"느티나무가 잘난 체를 한 거구만요."

"야…… 비, 비행기…… 어유 씨."

집집에서 저녁 짓는 연기가 그 너른 벌판을 이내처럼

아련히 감싸고 있었고, 네안데르탈인과 나는 가뭇거리는 한점 얼룩처럼 광야에 서 있었다. 경운기에서 울려나는 모터 소리가 최면을 퍼부어 졸음이 쏟아질 것 같은 이 아득한 풍경 속에서, 나는 문득 머나먼 미래의 어느 한 시점에 서 있다는 기분에 사로잡혔다.

그 전생 같기도 하고 내세 같기도 한 아스무레한 풍경 위로 불현듯 나는 사진 한 장을 겹쳐놓고 있었다. 아직 그리 깊이 병들지 않았을 때의 어머니는 알맞게 보기 좋은 얼굴로 생긋 미소 짓고 있었다. 그 얼굴 위로 두 개의 얼굴이 겹쳐졌다. 어머니를 빼다 박은 듯한 내 얼굴. 또한 나를 쏙 빼다박은 듯 다음 세대로 전승된 딸아이의, 쌍꺼풀지고 하관이 쪽 빠진 얼굴.

갑작스런 어질병에 휩싸인 나는 아내한테 차 열쇠를 쥐어주고 조수석으로 올랐다. 지프가 들판을 가로지를 때 이 마을에서의 곤혹스러웠던 수개월간을 떠올려보려고 했으나 이상하게도 대책 없이 막막하기만 했다. 그건 이젠 다시는 손으로 잡아볼 수 없는 헛것이나 다름없는 느낌이었다.

아내와 아이들이 영원히 굳건한 나의 소유일 수 없듯

이 이승에서의 시간들은 고작 하룻밤에 불과했었다는…… 전에도 이따금씩 그랬지만 아내 얼굴은 더더욱 낯설게 보이고, 지난 시절 내가 소설가로 남편으로 사회 구성원으로 살아왔다는 사실이 별 무의미였음을 이 들판에서는 좀 더 분명하게 깨달을 수 있었다. 아니, 그 느낌은 결코 한순간에 찾아온 것이 아님을 나는 잘 알고 있었다.